버스킹!

백민석
소 설

버
스
킹
!

창비

차례

영감의 사막에서 음악이 들려온다 ····· 7

머신 건 ····· 21

우주의 경계 너머 ····· 39

도망쳐라, 사랑이 쫓아온다 ····· 55

그리고 삶은 계속된다 ····· 71

몽롱세계 ····· 89

아프로디테의 못생긴 아이들 ····· 111

거짓말하는 방 ····· 125

난 의사가 필요 없어 ····· 139

물곰 가족 ····· 157

버서커스 버스킹 ····· 175

멍크의 음악 ····· 193

한밤의 협객 열차 ····· 209

악마를 향해 소리 질러라 ····· 225

방랑 시인과 **파란 엽서** ····· 241

마지막 수업 ····· 259

작가의 말 밴드는 준비됐다 ····· 276

영감의 사막에서
음악이 들려온다

나는 내가 앉았다 떠난 식탁을 바라본다. 식탁보로 쓰는 무늬 없는 아마포 자락을 바람이 잡았다 놓는다. 식탁엔 입을 댔다 뗀 에스프레소 잔과 손가락 반만 한 호박고지시루떡 세덩이가 놓였다. 반입 잘라 먹은 자리에 호박고지가 비어져 있다. 바람이 다시 식탁 위로 불어온다.

사막의 바람이.

호박고지를 반시간 만에 꾸덕꾸덕 말려버릴 바람이.

하지만 이 나라엔 사막이 없다. 사막은 내 머릿속에나 있지. 그래도 바람은 내가 앉았다 떠난 식탁을 조금씩 핥는다.

이 나라에는 없는 사막에서 불어온 바람이 식탁을 흔든다. 에스프레소 잔이 보이지 않게 달그락거린다. 시루떡이 소리 없이 말라 간다. 잔 바닥에는 마른 바람에 증발되다 만 커피가 방울로 남아 있고 커피 가루가 거칠게 말라붙어 있다. 시루떡은 반짝이는 작은 돌덩이처럼 보인다. 호박고지는 피딱지 같다.

가스레인지에는 비알레티 모카포트가 사용한 그대로 놓여 있다. 나는 모카포트를 들어 씻는다. 바스켓을 분리하고 커피 찌꺼기를 주방 쓰레기통에 털어 버린다. 축축한 커피 찌꺼기의 기분 나쁜 냉기가 손가락 끝에 묻어난다.

내가 나라면 커피 찌꺼기에 냉기가 돌도록 설거지를 미루지 않을 것이다.

나는 찬장을 열어 일리 커피 통을 찾아 한 스푼 덜고 물을 붓는다. 가스레인지에 올려놓고 불을 켜 커피를 끓인다. 마르고 거친 바람에 불꽃이 펄럭인다. 나는 새 에스프레소 잔을 꺼내 싱크대에 올려놓는다.

나는 비뚤게 놓인 암체어에 앉아 등을 기대고 팔걸이에 두 팔을 올려놓는다.

식탁 맞은편에는 이케아에서 사온 암체어가 하나 더 놓여 있다. 그 의자는 올바르게 놓여 있다.

떠나기 전에 나는 이 의자에 앉아 에스프레소를 반모금 마신 다음, 달짝지근한 시루떡을 반입 깨물었을 것이다.

그러다 나는 고개를 들어 맞은편 의자와 눈이 마주쳤을 수도 있다.

늘 올바르게 놓인 의자와 시선이.

남은 오른손 손가락으로는 읽을거리를 뒤적이며.

불꽃이 바람에 펄떡이고 발작한다. 그래도 모카포트는 열심히 달아오르고 커피 향이 바람에 실려 온다. 나는 에스프레소 잔에 남은 내 입술 자국을 본다.

"이제 생각해보자."

나는 마침내 생각하기 시작한다…

내 당숙은 아침에 우유를 사러 간다고 나가 돌아오지 않았다. 직장 동료였던 한 친구는 담배를 사러 간다고 나가 돌아오지 않았다. 내 페이스북 친구는 최근에 라이브 방송을 하다 택배 받으러 간다고 나가 돌아오지 않았다. 그녀의 남편도 내 페이스북 친구인데, 그녀는 사라진 지 한달 만에 이별을 통보해왔다. 그 순간 또한 라이브로 중계가 됐다. 이제 그만 헤어져… 네가 지겹거든, 지겹다고… 이 마마보이야, 넌 그냥 엄마랑 살아. 왜 대답이 없어? 또 질질 짜는 거니…? 하지만 아침에 우유를 사러 나갔다 사라진 당숙과 담배를 사러 나갔다 사라진 직장 동료는 이제껏 전화 한통 없었다.

그들은 돌아오지 않았다. 우유도 담배도 소식도 없이. 하지만 사람은 이유 없이 사라지지 않는다.

나도 떠났다. 모카포트의 축축한 커피 찌꺼기와 얼룩진 에스프레소 잔과 딱딱한 시루떡이 그 사실을 증명한다. 커피에 떡 한조각을 먹다가 나도 문득 이제 여기 없는 사람이 됐다. 이제 여기 없음은 내가 이번에 획득한 새로운 인격 같다.

나는 내가 이틀 전에 들뜬 목소리로 했던 말을 기억한다.
"야, 요즘은 어떤 소설이 트렌드냐? 500매, 두 달 안에. 대충 빨리 쓰지 뭐. 대충 써서 어떡하느냐고? 야, 작품은 중요하지 않아, 포지션이 중요하지. 순진하긴. 이번엔 꼭 영화로 만들어져야 해. 응, 이제 소설은 아직 만들어지지 않은 영화의 시놉시스지. 김범식 감독을 염두에 두고 있어. 그래, 「곤지암」. 쓰는 내내 김범식 감독만 생각할 거야. 정범식이라고? 아, 그러네. 번역도 돼야 하고. 번역이 쉽도록 문장은 배배 꼬지 말아야지, 그러면서도 심오한 정서를 담을 수 있는 문체로. 한 줄을 넘지 않는 단문으로만 500매를 쓰는 거야. 그렇지, 형용사 부사 다 빼고… 응, 피치 못할 경우에 접속사는 그리고만. 그러나도 경계해야 해. 내 계획은 초등학생도 읽을 수 있는 가독성 있는 문장에 카프카의 심오함을 담는 거야. 맞아, 중국 시장이 일순위지. 내 등장인물 하나도 중국인이야. 어쩌면 중국인이 둘이 될지도 몰라. 배경도 항저우랑 상하이, 둘 넣었어. 그러니까 중국에서 번역이 되고 중국에서 영화화가 되는 거야. 순서는 상관없어. 감독은 김범식으로 가고. 응, 내용은 페미니즘으로 해야지. 응응, 항저우 출신 중국인 남편이 매일 아침 아내를 위해 밥상을 차려놓고 출근한다는 설정. 서툰 한국어로 프러포즈할 때 아내 손에 물을 묻히지 않겠다고 한 맹세를 기필코 지키는 거지. 중국인 남편이 한국인 아내 밥 차려주는 게 무슨 페미니즘이냐고? 통일 이후도 고려해야 해, 아픈 역사도 건드려줘야지. 남편의 증조모와 아내의 증조부가 중일전쟁 때 난징 시내에서 찻집을 했다고 할까? 응, 좀 무리네. 그러고 나서 내가 실생활에서도 아내 손에 물을 묻히지 않는 페미니스트 남편이란 사실이 매스컴을 타야 해. 맞아, 나한텐 물 묻힐 아내가 없지. 글쎄, 사실은 중요하지 않다니까. 페미니스트라고 알려지는 게 중요하지. 응, 내 소설 주인공들은 죄다 섹스할 때 애인을 장난감 다루듯 하지. 하지만 근데, 작품은 중요하지 않다고. 그냥 내가 한남이면서도 페미니즘 소설을 썼다고 알려지기만 하면 돼. 트위터 정도로는 안 되고 내가 노리는 건 JTBC「뉴스룸」이야. 프로필은 한국소설의 발전을 위해 청춘을 바친 순수본격문학 페미니스트 작가. 응응, 그러기만 하면 내가 아침상은커녕 가죽 채찍을 들고 설쳐도 칭송을 들을걸? 궁극의 타이틀 좀 들어볼래. '순수본격문학 작가가 쓴 영화 원작 페미니즘 소설.' 순수? 너 정말 아무것도 모르는구나. 순수란 한남들이 갖고 있는 동정녀에 대한 판타지야. 응, 가부장제에선 남자 경험이 없는 처녀가 최고로 비싼 값을 받지. 응응, 「소나기」의 소녀가 처녀가 아닌 채로 죽었다고 생각해봐. 어때, 「소나기」가 더는 「소나기」가 아니지? 거의 범죄소설이지, 이 한남아? 난 왜 남근이라고 하면 머리 아홉 달린 히드라가 떠오를까? 아홉 머리 중 하나는 절대 죽지 않는다더라. 절대 죽일 수 없는 남근이란 어떤 남근일지… 응, 성전환 수술이라도 받아볼까? 이름도 백민순이라고 개명하고…"

나는 아무래도 내가 떠나기를 잘했다는 생각이 든다. 나는 떠나야 했다.

커피가 부글거리고 모카포트의 뚜껑이 달싹인다. 나는 불을 끈다. 커피를 잔에 담아 주방을 나온다. 바람이 거실까지 쫓아와, 소파에 걸쳐놓은 쥐색 후드티 자락을 들었다가 놓는다. 바람이 다탁에 쌓인 책들 중 가장 가벼운 책 몇권을 슬쩍 가장자리로 밀어놓는다. 내가 20년 전에 정기구독했던 한국판 『뉴스위크』의 귀퉁이가 들썩인다. 군복을 단정하게 차려입은 소년이 소파에 앉아 자동소총을 가슴께로 들어 올리고 있다. 내가 떠난 소파는 내가 한발 다가서면 부르르 떨면서 한발 물러난다.

나는 고개를 길쭉이 빼서 턴테이블에 어떤 음반이 들어 있는지 본다. 내가 술에 취했을 때 가끔 듣던 음반이 걸려 있다. 나는 내 취향이 싫다. 나는 거실 한편의 엘피 랙을 뒤진다. 아무렇게나 손에 잡힌 음반은 '커브드 에어 라이브' 앨범이다.

나는 오랫동안 커브드 에어를 듣지 않았다.

커브드 에어는 플루트를 부는 소냐 크리스티나와 기타를 치는 프랜시스 멍크먼이 이끄는 5인조 밴드다. 그들은 주로 여섯개 거리가 교차하는 광장에서 버스킹을 했다.

나는 에스프레소를 한모금 마신 뒤 어지럽고 더러운 다탁의 빈자리에 잔을 내려놓는다. 내려놓자마자 바람에 덜그럭거린다. 바람은 더 세졌고 더 거칠어졌고 더 건조해졌다. 나는 턴테이블로 가 뚜

커브드 에어의 소냐 크리스티나와 프랜시스 멍크먼

껑을 열고, 엘피 재킷에서 비닐판을 꺼내 올려놓는다.

커브드 에어는 한때 내가 되고 싶었던 이상형이었다. 나는 소냐의 순은 플루트를 갖고 싶었고 소냐처럼 플루트를 불며 짝다리를 짚고 싶었다. 나는 프랜시스처럼 기타를 치고 싶었고 프랜시스의 양가죽 재킷을 걸치고 심드렁한 표정을 짓고 싶었다. 그들과 6인조 밴드를 꾸려 광장에 나가고 싶었다.

조잡한 광장에 울려 퍼지는 플루트의 매끄러운 음색, 그리고 기타의 소박함. 소냐의 순은 플루트 소리는 광장 저 끝에 서 있어도 천상의 옹알이처럼 들려온다.

하지만 나는 커브드 에어의 여섯번째 멤버가 될 수 없었고, 대신 그들의 앨범을 사와 내 작은 골방에서 듣는 데 만족해야 했다. 그렇지만 그 골방에서도 소냐의 순은 플루트와, 크롬 도금 외장의 오라 앰프는 또 얼마나 찰랑거리는 은빛의 조합을 보여주었던가.

바람이 거세진다. 바람이 소파와 다탁 사이를, 소파와 스피커 사이를, 나와 커브드 에어 사이를 굽이친다. 사막의 난폭한 바람이 주방을 거쳐 이제는 내가 없는 거실에 휘몰아친다. 에스프레소 잔은 바닥을 드러내고 모래 알갱이들이 잔 속을 맴돈다. 천사의 옹알이를 배우고자 했을 때, 내겐 플루트를 살 돈도 학원을 다닐 돈도 없었다. 그리고 나이를 먹어 직장엘 다니고 마침내 그럴 여유가 생겼을 땐, 내겐 그럴 만한 열정도 재능도 남아 있지 않았다. 커브드 에어를 향한 내 꿈은, 귓전을 굽이치다 사라지곤 하는 플루트 소리처럼 이제는 여기 없다.

나는 다시 턴테이블로 가 B면을 튼다. 이제는 소냐의 플루트 소리가 바람 소리에 섞여 신음처럼 들린다. 천상의 아름다운 것들이 고통받고 있다. 나는 작업실로 가 내가 떠난 책상 앞에 앉는다. 나는 노트북을 끄지도 않고 나갔다.

나는 나와 똑같은 자세로 구부정하게, 책상 앞에 앉아 내가 쓰다 말고 떠난 소설을 본다.

나는 어쩌면 곧 돌아와 계속 쓸 생각이었는지도 모른다.

나는 영감의 사막에서 불어온 바람이 의자를 날리고 식탁을 뒤집고 주방을 무너뜨리는 소리를 듣는다.

천상의 옹알이는 끝났다. 이젠 거실이 무너진다. 거친 바람이 거실과 작은방 사이의 벽을 잡아 뜯고, 내 머리카락을 뒤집고, 모래와 벽돌 조각들은 얼굴을 할퀸다.

나는 소용돌이치는 모래폭풍 한가운데 앉아 아무 영감 없이 노트북을 바라본다. 노트북이 푸들푸들 거부하는 몸짓으로 내 손을 떠나간다. 어떤 소설가는 자신이 결코 쓸 수 없는 소설을 쓰려고 하기 때문에 신경쇠약에 걸린다.

마침내 영감의 사막에서 음악이 들려오고, 나의 조잡한 세계는 이렇게 무너진다.

Curved Air, Curved Air Live, 1975

커브드 에어의 이 앨범에서는 록의 격렬함과 클래식의 우아함을 함께 들을 수 있다. 이들은 규범적인 클래식만을 연주하기엔 너무 자유분방했고, 거칠고 제멋대로인 록만을 연주하기엔 배운 게 너무 많았다. 영국 왕립 음악대학에서 음악을 전공한 대릴 웨이Darryl Way는 밴드에서 일렉트릭 바이올린을 연주했고, 건반악기를 맡은 프랜시스 멍크먼Francis Monkman은 나중에 스카이Sky라는 밴드를 꾸려 모차르트의 곡들을 록으로 리바이벌하기도 했다.

1960, 70년대 주로 유럽에서 나타났던 아트 록 밴드들이 대체로 이들 같았다.

아트 록, 포크 록, 사이키델릭 록, 아방가르드 록 등으로 불렸던 일련의 록 음악은 대중적 취향과는 거리가 멀어서 소량의 음반만 발매되고 시장에서 사라지곤 했다. 돈이 되지 않으니 당연히 밴드도 오래 유지하기 어려웠다. 커브드 에어도 7년 동안 일곱장의 앨범만 내고 해체됐다.

음악처럼 삶도 사회에서 잘 팔리는 주류와는 거리가 멀었다. 장발에 히피 옷차림을 한 멤버들은 무대에서 내려오면 실험적인 사운드를 연구하거나 급진적인 정치운동에 참여하곤 했다. 커브드 에어에서 베이스를 연주하던 로버트 마틴Robert Martin은 "전원생활을 즐기기 위해" 밴드를 탈퇴했다고.

❧ '커브드 에어 라이브'에서 가장 인상적인 부분은 귀에 거슬리는 신경질적인 바이올린 연주다. 하지만 바로 그 이유로 이 앨범은 버릴 수 없는 음반이 된다(결국엔 좋아진다). 다른 어떤 밴드, 음반에서도 그와 비슷한 연주를 찾아 들을 수 없다는 사실을 깨닫게 되기 때문이다.

심지어는 똑같은 곡을 녹음한 스튜디오 앨범에서도 그런 연주는 반복되지 않는다. 오로지 '커브드 에어 라이브'에서만 찾아 들을 수 있는 유일무이한 연주다.

❧ 소냐 크리스티나는 널뛰는 듯한 보컬로 두번 다시 듣기 힘든 명연을 펼친다. 소설에서는 소냐가 플루트 연주자로 나오지만, 실은 노래만 불렀다.

머신 건

H는 월차를 내고 집에서 하루를 보내기로 했다. 오늘이 그의 47세 생일이어서만은 아니었다. 이제 그는 나이에 대해서라면 아무 상관도 하고 싶지 않았다.

어머니는 그저께 아범, 마흔일곱일세, 하고 H를 큰소리로 책망했다. 아내는 월요일 출근길에 당신, 마흔일곱이야, 하고 소리를 지르며 힐난했다. 딸은 어제 아빠, 마흔일곱이네, 하고 새된 소리로 트집을 잡았다. 아들은 오늘 아침에 아빠, 뭐, 이젠 마흔일곱이네, 하고 뾰족한 눈길로 그를 흘겨봤다.

무슨 이유로 책망하고 힐난하고 무슨 까닭으로 트집을 잡고 흘겨보는지는 알 수 없었다. 그저 괜히 그러는 짓들로 느껴졌다. H는 그래서 참다못해 아침상에서 내가 왜! 내가 뭐! 하고 소리를 높이고 말았다. 하지만 오늘은 생일이었다. 그는 가장이었다. 가장의 생일을 핑계로 여러 이벤트도 준비되었다.

미국 새크라멘토에 사는 남동생이 부산에 왔다가 오늘 H의 서울집에 들러 저녁을 먹기로 했다.

"정말 올 거야?"

"응, 왜?" 동생이 부산에서 되물었다.

"안 오지는 않는 거지?"

"가지 마?"

"아니, 아니."

딸은 자기 밴드의 기타리스트를 저녁 식사에 데려오기로 했다.

"여보, 수연이가 기타 치는 애를 데려오기로 했다는데?"

"응." 아내가 듣는 둥 마는 둥 답했다.

"누군지 알아?"

"아빠, 내 앞에서 나 없는 사람 취급하지 말랬지! 나한테 직접 물어보라고!"

아들은 두번째 여자친구를 저녁 식사에 초대했다.

"전의 그 친구는 어떻게 하고?"

"3학년 올라가면서 반이 바뀌었대."

"당신한테 물은 거 아니잖아."

"아빠, 뭘 걱정하는지 알겠는데, 연애를 해야 공부도 더 잘되는 거라고요." 아들은 짜증을 냈다.

아침을 먹고 어머니는 앓는 소리를 내며 방으로 들어갔고, 아이들은 학교로 갔다. 아내는 H가 거실 소파와 다탁을 번쩍 들어 안방으로 치워놓을 때까지 그를 지키고 서 있었다.

　H는 거실에서 대기하고 있다가, 아내가 시키는 대로 이것저것 장을 봐왔다. 어제 한꺼번에 장을 봤는데 요리를 하다보니 재료가 조금씩 부족했던 것이다. 그는 아침부터 상가 정육점에 가서 잡채용 소고기를 300그램 더 사왔고, 다시 나가서 숙주나물을 반근 더 사왔다. 그러는 틈틈이 양파를 까고 마늘을 찧고 생닭을 씻었다. 점심을 먹고 우유를 두 팩 사왔고, 다시 나가 국간장을 사왔다가 아내의 핀잔을 듣고 양조간장으로 바꿔 왔다. 그는 아내가 꺼내놓은 그릇과 접시들을 씻고 뽀드득 소리가 나도록 행주로 닦았다. 오후 3시쯤 되자 그는 아내가 싫어졌다. 생일이 싫어졌다.

　5시쯤에 딸이 기타리스트를 데리고 왔다. H는 얼떨결에 어머니가 있는 작은방으로 들어가 몸을 숨길 뻔했다. 하지만 생각해보니 자신은 가장이었고 한마디 해야 했다.

　"자네, 이름이 뭔가?"

　"아빠! 방금 말씀드렸잖아, 혜준."

　"그래, 우리 수연이랑 뭘 한다고?"

　"아빠! 기타리스트라고 했잖아."

　혜준이 슬쩍 어깨를 틀어 기타 가방을 보여줬다.

　"아빠, 나랑 혜준이가 이따가 아빠 마흔일곱 생일 축하 공연을 할 거야, 알겠지?"

그러고 보니 혜준의 한 손에 롤랜드 버스킹 앰프가 들려 있었다. 딸은 제 방으로 혜준과 함께 들어갔고 곧 뚱땅거리는 소리가 났다. H는 기타리스트가 온다고 해서 내심 왕년의 지미 페이지나 리치 블랙모어 같은 친구를 기대하고 있었다. 홀쭉한 몸매에 길고 가는 손가락, 마른 얼굴, 장발. 하지만 딸의 스토커일지도 모르는 혜준은 그 자신 못지않게 배불뚝이이고, 두 눈은 게으른 빛으로 번들거리고, 손가락은 천하장사 소시지만큼이나 둔하게 생겨먹었다.

7시가 다 되어서 동생이 왔다. H는 일단 동생의 손에 캐리어가 들려 있지 않아 기뻤다.

"형, 구리에 살 때보다 집이 두배는 더 커졌네." 동생이 거실에 우두커니 서서 말했다. 소파를 치우고 생일상을 놓았기 때문에 마땅히 앉을 자리가 없었다. 그는 아내의 날선 눈매를 살피며 동생과 작은방으로 갔다. 동생은 10년 만에 보는 어머니와 포옹을 하고 등짝을 얻어맞고 셋이 함께 울었다.

생일상에서 대화는 주로 어머니와 동생이 끌고 나갔다. H는 추임새를 넣었다. 동생은 미국에서 도피생활을 하는 동안 어머니에게 "새크라멘토 미드타운에서 일본인 흉내를 내며 이자카야를 하고 있다"고만 알렸다. 편지가 오면 어머니는 이게 무슨 뜻이냐며 울기만 했다. 동생은 수연과 혜준에게 캘리포니아 라이브 클럽을 지배하는 최신 흐름에 대해 떠들었다.

"저희는 버스킹만 할 건데요."

"정말? 설마."

H는 대화에 낄 기회를 잡았다고 생각하고는 입을 열었다. 그는 자기도 고등학생 때 베이스기타를 배워서 밴드 활동을 하는 게 꿈이었다고 말할 참이었다. 실은 보컬이나 리드기타를 맡고 싶었지만 시켜줄 리 없을 것 같아 포지션을 베이스기타로 잡았다고 말할 참이었다. 하지만 막상 그가 한 말은 달랐다.

"사당역 10번 출구 있잖아. 밤낮으로 젊은 애들이 나와서 산울림 같은 걸 연주하던데, 시끄럽기만 하더라고. 부정적인 느낌뿐이야. 얼마나 취업이 안 되면 지하철에 나와서 노래를 다 할까… 그게 구걸이지 뭐냐. 장기적으로 보고 고시 공부나 할 것이지."

H가 자기 입에서 튀어나온 말에 놀라는 동안 동생이 천진하게 그를 거들었다.

"캘리포니아 로커들하고는 비교가 안 되지. 코리아의 로커들은 아직 멀었어."

기타리스트 혜준은 고개를 푹 숙인 채 육개장을 뒤적거렸고 베이스시트이자 보컬인 딸의 뺨은 빨개지고 있었다. 이윽고 딸이 입술을 실룩거리며 H 쪽으로 고개를 돌렸다.

"딸, 수형이한테 카톡 좀 해봐." 아내가 얼른 대화를 가로챘다.

아들에게서 8시에나 도착할 것 같다는 응답이 왔다.

어머니와 동생은 미국생활 이야기로 돌아갔다. 딸과 기타리스트는 학점이 짠 교수에 대한 이야기로 돌아갔다. H는 추임새를 넣는 역할로 돌아갔다. 아내는 말이 없었다. 어머니는 동생에게 당신 며느리는 한국 여자여야 한다고 성화였다.

"엄마 아들 벌써 마흔둘이에요, 누가 오려고 하겠어요."

동생의 마흔둘 소리가 H의 귀에 거슬렸다.

"교회에 나가야 여자를 만나지."

"엄마!"

H는 입을 열어 어서 돈을 모아 미국이든 한국이든 정착을 해야지, 우리 집안 남자는 결혼을 해야 재산을 모은다, 하고 격려의 말을 할 참이었다. 동생에게 따스운 밥 한공기와 덕담밖엔 해줄 게 없는 형으로서 부끄럽기도 했다. 하지만 이번에도 그가 한 말은 달랐다.

"이자카야 해서 돈 좀 모았으면 네 형수 빚부터 갚아라. 네 형수가 그 빚 때문에 얼마나 시달렸는지 알아? 사람이 염치를 알아야지."

H는 다시 한번 자기가 뱉은 말에 충격을 받았다. 동생은 두 눈이 휘둥그레지고 눈꺼풀이 떨렸다. 동생은 아내에게 돈을 빌려 미국으로 떴다. 액수가 커서 아내는 친정의 도움까지 받아야 했다.

"그래요, 10년 만에 우리도 계산 좀 하자고요." 아내는 두 손을 식탁에 얹고는 가만히 동생을 바라봤다.

H는 큼지막한 탕기 위로 고개를 떨구고는 육개장 뻘건 장국 위를 맴도는 쇠기름에 시선을 고정시켰다.

"아, 그게 저, 형수님…"

"한국에 올 수 있었다는 건 다른 채무는 해결했다는 말이지 않아요?"

"그게, 형수님, 형!"

"수연이 아빠는 됐고 저랑 얘기해요. 제 처지도 곤란하다고요."

현관에서 벨소리가 들리자 H는 벌떡 일어나서 총총걸음을 쳤다.

새 손님이 오자 동생과 아내는 입을 다물었다. 아들이 데려온 여자친구를 보고 H는 아내의 신혼 때와 똑 닮아 놀랐다. 아들과 여자친구는 기타리스트 옆에 앉아 주섬주섬 전을 주워 먹기 시작했다. 김치 치즈전이 인기였다. 피자치즈가 쭉쭉 늘어나 젓가락이며 턱에 달라붙었다.

H는 이미 두번이나 말실수를 해 망설였지만, 자기가 가장이라는 사실을 다시 떠올리곤 용기를 냈다. 가장은 가족의 애정사에 한마디 할 권리가 있다고 그는 믿었다. 그는 여자친구의 이름을 묻고 취미가 무엇이냐 묻고, 취미활동을 게을리하지 않는 것도 입시 못지않게 중요하다고 말할 참이었다. 그리고 틀리지 않게, 생각한 그대로 말했다. 이번엔 실수가 없었다는 사실에 그는 크게 놀랐다.

"아빠, 얘 이름이 다영이라고 소개했잖아요. 어떻게 10분 만에 까먹어요?"

아들이 화난 목소리로 따졌다.

"그리고 얘 취미는 마작이라고요. 그것도 말했잖아요. 학교 마작 동아리 회장이라고요."

H는 할 말이 없었고 감정을 조절하는 데 장애가 있는 아들은 화가 덜 삭았는지 식식대면서 누나와 엄마에게까지 골을 냈다. 참다못한 동생이 한마디 했다.

"수형아, 어른들 앞에서 목소리 높이는 거 아니다."

그러자 아들은 꼴사나워 못 보겠다는 표정을 짓더니 소리를 질렀다.

"아빠, 이 아저씨가 다영이를 이상한 눈빛으로 쳐다봐요. 엄마, 아저씨 눈빛이 정말 비리지 않아요?"

H는 눈을 감았다.

"아빠, 가만있을 거야? 다영이를 눈으로 강간하고 있다니까!"

"아저씨라니, 삼촌한테!"

아내가 작지만 단호한 목소리로 꾸짖었다. 어머니는 수형이가 하필 오늘 왜 저런다니, 하고 절레절레 고개를 저었다.

H는 그러고 보니 동생이 옛날에 형수한테 짝사랑 비슷한 감정을 품었던 것을 기억해냈다. 당황해 뺨이 달아오르자 아들의 여자친구는 더욱 아내와 판박이 같았다. 그는 동생이 싫었다. 아들도 싫었고 기타리스트는 최악이었다. 그는 생일이 싫었다.

"오케이, 오케이, 이제 생일 축하 버스킹 공연이 있겠습니다."

딸이 기타리스트와 함께 자리에서 일어났다. 둘은 방에서 기타 두 개와 앰프를 꺼내 왔다. 둘은 베란다 통창 앞에 자리를 잡았다. 소란은 잦아들었다. 아들은 분을 삼키느라 주먹을 깨물고 있었다.

"지미 헨드릭스의 「머신 건」 커버곡을 들려드리겠습니다."

딸이 소개를 했다. H는 문득 딸이 해피 버스데이 투 유, 하는 노래는 절대 부르지 않을 것임을 깨달았다.

딸이 베이스 기타를 튕기며 머신 거어언, 머신 거어언, 하고 헨드

밴드 오브 집시스의 지미 헨드릭스

릭스의 펑키한 목소리를 흉내 냈다. 이어서 기타리스트 혜준의 기나긴 솔로 연주가 시작됐다. 소시지처럼 둔한 손가락들이 어설프게 지판 위를 오갔다. H는 속마음 가득 야유를 했다. 박자도 안 맞고 음정도 틀렸어, 스트로크를 저따위로 하다니, 엉터리, 엉터리, 엉터리… 여기가 공연장이었다면 맥주 캔을 던졌을 수도 있었다.

H는 버디 마일스의 드럼 파트가 없는 2인조 「머신 건」이 무슨 의미가 있을지 따졌다. 거실이 좁아 드럼세트를 놓을 수 없다는 사실 따위는 고려하지도 않았다. 분명히 말하지만 그도 지미 헨드릭스를 모르지 않았다. 어렸을 때는 그도 록 밴드를 하고 싶었고 '밴드 오브 집시스' 앨범도 갖고 있었다. 하지만 그에겐 역경을 이겨내고 자신의 취미를 지켜낼 불타는 용기와 끈기가 없었고, 결국 꿈은 물론 자신이 지미 헨드릭스의 헤비 블루스 록을 들을 줄 아는 사내였다는 사실까지 감쪽같이 잊어버렸다. 딸과 아들, 아내는 이제 그를 김광석 노래나 가끔 흥얼거리는 다 식어버린 중늙은이쯤으로 보는 게 틀림없었다.

"두두… 두… 두두두… 두두… 두… 두두…"

H는 느닷없이 환한 미소를 띠고 틀린 음정으로 스캣을 넣기 시작했다.

가족들은 가장의 얼굴에 갑작스레 떠오른 일그러진 미소에 어리둥절해했다. 그럴 상황이 아니었고 H는 그럴 사람이 아니었다. 가족들은 그가 황홀경에 빠져, 펜더 기타만 한 기관총을 들고 가족들을 죄다 쏴 죽이는 환상을 제대로 즐기고 있다는 사실을 평소처럼,

결코 알 수가 없었다.

    H는 지미 헨드릭스의 머신 건으로 몇번이고 사랑하는 가족들을 쏴 죽이고 쏴 죽였다.

Jimi Hendrix, Band of Gypsys, 1970

〰1942년에 태어난 지미 헨드릭스가 1970년에 28살로 요절할 때까지 출반한 앨범은 일곱장이었다. 하지만 세계적인 음반 가이드인 올뮤직닷컴에 현재 올라와 있는 정식 음반은 390여장에 달한다.

이 390여장의 음반들은 대개 헨드릭스가 죽고 나서 발굴된 음원들에서 나왔다. 앨범을 만들 때 빼놓았던 스튜디오 음원이나 공연의 음원들, 연습용으로 녹음했던 음원들(그중엔 재즈 뮤지션들과 했던 800시간의 합주도 있다), 라디오에 출연해 연주한 음원들도 있고, 팬들이 공연장에 테이프레코더를 들고 가 녹음한 해적판 음원도 있다.

〰이런 온갖 음원들을 헨드릭스 사후에 음반 제작자들이 미친

듯이 찾아다녔고, 팬들은 반세기 가까운 세월이 흐른 지금도 그 음원들로 새로 만든 음반을 사들인다. 나도 그 (미친) 팬의 하나여서 지미 헨드릭스의 앨범에 적지 않은 용돈을 썼다.

♆지미 헨드릭스의 연주는 미적으로 들리지 않는다. 그의 연주는 발작적이고, 규범을 벗어나고, 즉흥적이고, 흔히 충동적이고 공격적이었다. 듣는 이에게 위로는커녕 고함을 질러댔다. 그의 연주는 1969년에도 미적으로 들리지 않았고, 미의 기준이 바뀌었을 법한 2019년에도 여전히 미적으로 들리지 않는다. 그의 연주는 시대를 초월해서 미적이지 않다.

미적이지 않으면서 그토록 대중의 사랑을 받았던 예술가가 장르를 떠나 몇이나 있었을까.

♆헨드릭스의 미적이지 않은 연주의 대표곡이 1969년 우드스톡 페스티벌에서 연주한 미국 국가 「스타 스팽글드 배너The Star-Spangled Banner」였다. 듣다보면 미국 국가라는 권위의 상징을 찢어발기기라도 하듯이 낙서 같은 소음을 쏘아대는 젊음의 에너지가 느껴진다.

하지만 잘 정제되고 계산된 냉정한 에너지다. 생각해보면 우리의 젊음은, 이미 그 시기를 지나온 늙고 지친 마음이 회고하는 것보다는 훨씬 이성적이 아니었나.

♆지미 헨드릭스의 연주는 후대에 막대한 영향을 미쳤다. 헤비

메탈 연주자들의 교과서가 되었고, 마일스 데이비스^{Miles Davis} 같은
재즈 연주가들로 하여금 재즈와 록을 결합한 퓨전 재즈, 재즈 록을
만들게 한 계기가 되기도 했다.

그 자신이 사운드의 혁신을 주도했다. 지하철이나 버스 소리 같
은 길거리 소음을 음악으로 표현하려 하기도 했고, 자신의 스튜디
오 '일렉트릭 레이디랜드'(세번째 앨범 제목이다)를 세워 재즈 뮤
지션들과 경계를 허무는 사운드 실험을 하기도 했다.

🎜무대에서 지미 헨드릭스가 보여준 쇼맨십까지 후대의 교본이
됐다. 기타를 이빨로 연주하고, 등으로 돌려 연주하고, 던지고 부수
고 불을 붙이고 등등.

🎜지미 헨드릭스는 또 밥 딜런^{Bob Dylan}의 팬이기도 했다. 탁하고
거칠고 주절거리는 목소리로 노래를 부르는 밥 딜런을 따라 그도
보컬 자리에 섰고, 모든 앨범에 자신의 못생긴 목소리를 집어넣었
다(그의 음악은 보컬까지도 미적이지 않다).

하지만 그 점이 성공의 한 요인이 됐다. 자기가 기타로 내는 음색
에 가장 잘 어울리는 목소리가 바로 자기 목소리인 것이다(못생긴
목소리의 계보는 에릭 클랩튼^{Eric Clapton}으로 이어진다).

🎜지미 헨드릭스는 '밴드 오브 집시스'를 녹음할 무렵 이미 죽은
사람처럼 보였다고 한다. 그는 파티에서 술과 마약을 잔뜩 하고는

바르비투르산 계열의 수면제를 먹고 잠들었다가, 자신의 토사물에 기도가 막혀 죽는다.

실황 앨범인 '밴드 오브 집시스'는 조금 후에 있을 최후를 미리 반영하기라도 한 것처럼 음울하고 차분한 분위기가 주를 이룬다. 「스타 스팽글드 배너」를 연주할 때의 히스테릭한 에너지는 느껴지지 않는다. 대신, 버디 마일스Buddy Miles의 육중한 드럼 연주가 바탕에 깔린 어둡고 짙은 블루스적 색채가 더 많이 느껴진다.

우주의 경계 너머

붓다는 어느날 동서남북 사대문 밖을 다니며 중생들이 얼마나 비참하게 사는지 목도했다. 예전엔 인간 중생들이 하던 일을 이제 는 기계인간 중생들이 하고 있었다.

어떤 기계인간은 손가락 끝마디가 깨질 때까지 하루에 2000개씩 나무 빨래집게를 깎았다.

"미세먼지 때문에 밖에는 빨래를 널 수도 없는데 빨래집게는 왜 깎느냐?"

"네, 청정대기 샌프란시스코로 수출하는 집게입니다."

기계인간은 하루에 두번씩 손가락 끝마디를 새 마디로 갈아 끼 웠다.

또 어떤 기계인간은 이른 봄부터 낙엽청소기로 공연히 거리를 쓸고 다녔다.

"낙엽이 질 때가 아닌데 낙엽청소기는 왜 돌리느냐."

"네, 지금 자꾸 돌려서 망가뜨려야 가을에 새 기계를 들일 수 있습니다."

윙윙거리는 청소기 끝에서 먼지 구름이 솟았다.

어떤 기계인간은 아침부터 저녁까지 1초도 쉬지 않고 주식 트레이드 화면을 들여다보았다.

"그래, 분기별 손해 몇 퍼센트면 네가 안심할 수 있느냐?"

"15퍼센트 손해 보면 저는 폐기장행입니다."

그러면서 벌렁거릴 심장도 없는 기계인간이 손을 파들파들 떨었다.

어떤 기계인간은 다섯군데 포털 사이트와 SNS에 23시간 동안 게시물을 올리는 작업을 했다. 나머지 한시간은 중노동으로 깨져나간 프로그램을 때우거나 작문 프로그램을 업데이트하는 시간이었다.

"피곤해 보이는구나."

"제 얼굴에 피부도 없고 근육도 없는데 피곤한 줄 어찌 아셨습니까?"

"어허, 아는 수가 있느니라."

붓다는 궁전으로 돌아왔다. 그는 기계인간들의 비참을 잊지 못해 괴로웠다. 어째서 기계인간들의 삶이란 불행과 고통뿐인가. 인간보다 못하다. 장시간 중노동에 주어지는 대가라곤 눈물방울만 한 기계 기름과 분기 단위로 연장되는 수명뿐이었다. 인간 비정규직보다 못한 삶이지 않은가?

인간이라면 육신의 고통이 싫으면 육신을 벗어버리면 되고, 정신의 고통이 싫으면 정신을 벗어버리면 된다고 설파할 수도 있었다. 하지만 기계인간들의 메인보드에는 일찌감치 '해탈'이라는 고통소거 프로그램이 내장되어 있었다. 버튼 하나만 누르면 수시로 극락왕생을 실현할 수 있었다. 붓다는 이 우주에서 할 일이 없었다.

예수는 서울, 뉴욕, 로마, 마드리드, 파리, 런던이라는 세계의 광야를 방황하며 죄인들을 만났다.

어떤 죄인은 아내를 사랑하는 남자를 사랑하고 있었다.

"저는 죄인입니까?"

"동성애 하지 말라는 계명은 없다."

"하지만 간음하지 말라는 계명은 어겼지 않습니까?"

"아내 몰래 딴 사람을 사랑했으니 간음이긴 하지."

"감사합니다, 마침내 제가 하느님 말씀을 어긴 죄인이 됐습니다."

"아니다, 아니야…"

예수는 말렸지만 죄인은 오늘도 파리의 샹젤리제 거리를 배회하며 플라타너스 이파리를 씹어 먹으며 속죄하고 있다.

어떤 죄인은 마드리드 부엔 레티로 공원에서 시체 옆에 서 있다 체포되었다.

"네가 죽였느냐?"

"네… 저는 죄인이 되고 싶습니다."

"그러니까 죽였냐고?"

"죽이지 않았습니다. 하지만 제가 10분만 일찍 나타났다면 범인은 저를 보고 살인을 하지 않았을지도 모릅니다."

"10분 후의 세상을 내다볼 수 있는 사람은 없다."

"하느님은 할 수 있지 않습니까?"

"그렇다고 봐야지."

"그럼 살인을 막지 못한 죄인은 제가 아니라 역시 하느님입니까?"

예수는 죄인이 너무 복잡한 논리를 구사하는 바람에 아무 판단도 내릴 수가 없었다. 광야가 예수를 단순하게 만들었다.

"뭘 주장하고 싶은 거냐?"

"죄인은 저의 몫이라는 겁니다."

어떤 죄인은 어머니를 속여 과자 값을 타내곤 하던 옛일을 떨쳐내지 못해 찾아왔다.

"저는 죄인입니다."

"과자 값보다 더 큰 돈을 누군가를 속여서 타낸 적은 있느냐?"

"제가 기억하는 한은 없습니다."

"그럼 그렇게도 죄인이 되고 싶다면, 너는 꼭 과자 값만큼만 죄인이다."

죄인은 오늘도 뉴욕의 세인트 패트릭 대성당에서 주말마다 온몸을 비틀며 속죄기도를 하고 있다.

예수는 양떼에게 버림받은 목자의 심경이었다. 죄를 사해주기 위해 십자가에 못 박히기까지 했으나, 인간은 자신이 더이상 죄인이 아니라는 사실을 받아들이려 하지 않았다. 따돌림당한다는 느낌이었다. 예수는 뉴욕 허드슨 강가에서 오병이어의 기적을 재연했지만, 뉴요커들은 예수가 위생장갑도 끼지 않고 빵과 물고기를 만졌다며 가져가려 하지 않았다.

예수는 광야에서 책 여러권을 쓸 수 있을 만큼 많은 깨달음을 얻었지만 결국 이 우주는 그의 이해를 벗어났다. 양떼는 기꺼이 죄인이 되려 했고, 죄를 사하려는 예수를 꾸준히 밀어냈고, 사소한 죄를 저지르면서 즐거워했고, 이번엔 또 무슨 벌을 받을까 하는 기대감에 부풀곤 했다.

지금의 우주가 자신이 알던 우주가 아니기는 마호메트도 마찬가지였다. 그는 이교도들이 이슬람을 두고 사막과 황무지의 종교라고 부르는 데 화가 났다. 이슬람을 믿는 많은 나라들에서 우물이 말라가는 것은 사실이었다. 하지만 종교의 영토란 영혼이고, 알라를 믿는 무슬림의 영혼은 마를 리가 없었다.

"조끼에 차고 있는 건 뭐냐?"

"예, VBIED입니다."

"뭐?"

"차량용 급조폭발물… 자살폭탄입니다."

인간이 어찌 폭탄이 될 수 있느냐… 하고 마호메트가 잔소리를 하려는데, 청년은 기다리지 않고 냉큼 폭탄 차량의 시동을 걸고 떠나버렸다.

마호메트는 청년의 어머니를 찾아 아까 못한 잔소리를 계속했다.

"인간이 어찌 폭탄이 될 수 있느냐?"

"제 아들이 폭탄이라면 저는 폭탄의 어머니입니다."

"인간이 어찌 폭탄이 되고 폭탄의 어머니가 될 수 있느냐?"

"저는 폭탄도 될 수 있습니다."

마호메트의 눈앞에서 청년의 어머니는 부르카 아래 IED 복대를 둘렀다.

고작 이교도 몇을 죽이려고… 하고 마호메트가 잔소리를 하려는데, 폭탄이 된 어머니는 기다리지 않고 냉큼 부엌을 떠나버렸다. 그는 타는 듯이 뜨거운 부엌에 홀로 남겨졌고 외로웠다. 이제 우주에서 그의 곁에 남은 무슬림은 없는 듯했다.

공자는 우주가 인의예지신으로 가득 찼음을 발견했다.

한 군자는 뉴욕 구겐하임미술관 앞에서 밤 10시에 람보르기니를 타려는 부자에게 공손한 말투로 돈을 요구했다. 부자는 지갑을 열고 지폐 몇장을 꺼내주고는 경찰에 신고도 하지 않고 자리를 떴다.

한 군자는 나폴리의 밤거리에서 다섯살배기 딸의 손을 잡고 다니며 음식물쓰레기통을 뒤졌다. 다른 군자들은 그저 새로운 쓰레기를 갖다 부을 뿐 그들을 쫓아내지 않았다.

한 군자는 브루클린에서 피자 한판에 3.5달러 하는 피자집에 들러 손님들에게 칼이 아닌 작은 부적을 내밀고 1달러씩 받아갔다.

공자가 북경 798예술구에 가다 길을 잃었을 때는 한 군자가 나타나 30분이나 길을 안내해줬다. 오래 씻지 않은 냄새가 났지만 달라는 것은 없었고, 공자는 군자의 어짊을 칭찬했다.

한 군자는 뉴델리에서 길을 잃은 공자에게 달콤하고 반쯤 식은 차이를 권했다. 공자는 자기는 이미 2500년이나 산 사람이기 때문에 어떠한 독도 나를 잠들게 할 수 없다고 일렀다. 군자는 원망하지 않고 찻잔을 빼앗아서는 바닥에 던져 깨버렸다.

온 우주는 예를 지키는 공손한 말투와 늘 타인과 적당한 거리를 유지하는 군자들로 가득했다.

부당하게 해고를 당해도 조곤조곤 따질 뿐 고함을 치지 않았고, 지하철에서는 임신부에게 좌석을 양보했으며, 접촉사고가 나면 말없이 명함을 교환하고 보험회사를 불렀다. 감당할 수 없는 일이라면 남에게 떠넘기지 않고 소리 없이 옥상에서 뛰어내렸다. 그리고 서울의 군자들은 은행을 터는 대신 빚을 내서라도 아파트를 사들였다. 그리고 몇년 기다리면 은행을 털어 짊어지고 나올 수 있는 현금보다 훨씬 많이 집값이 붙어 있었다.

하지만 공자는 인의예지신을 실천하는 군자들이, 불행에 낯빛이 찌들고 불안에 두 뺨이 푸들거리며 불만에 입이 삐죽이 나왔다는 사실을 알고 있었다. 사실 알고 있었다기보다는 공자 자신이 그런 모양새였다. 공자도 거울은 보니까.

공자는 2500년 만에 처음으로, 어째서 우주에 빛은 적고 검은 면

적이 대부분인지 생각하기 시작했다.

우리는 성수동 서울숲 벤치에 누워 하늘을 바라봤다. 등받이가 없어 둘이 나란히 누울 수 있었다.

"우주는 얼마나 넓을까?"

서울 하늘에 뜬 별의 수는 내 동전통 속 동전만큼도 되지 않았다. 뉴스에 의하면 공자의 자손들이, 미세먼지를 날려 보내 한반도의 하늘에서 별들을 거개 지워버렸다.

"끝에서 끝까지 180억광년."

우리는 우주의 넓이에 대해 상상하기를 좋아했다. 일단 알려지기로 우주는, 빛의 속도로 180억광년을 날아가야 겨우 그 끝에 도달할 수 있는 넓이라고 했다. 하지만 200억광년이라는 주장이 점차 힘을 얻고 있고 600억광년이라는 주장도 있다. 하지만 단 1억광년이라고 해도 우리가 상상하기에는 무리다.

"휴, 우주의 끝엔 뭐가 있을까?"

우리는 우주의 경계에 도달한 다음을 상상했다.

우주가 아무리 넓어도 동전을 동전통이 담고 있고, 그 동전통을 또 현관 수납장이 담고 있는 것처럼, 우주를 담고 있는 더 큰 무엇이 있지 않을까. 600억광년 우주를 담을 수 있을 만치 조금 더 커다란 무엇이. 또다른 미지의 공간이.

하지만 우리의 궁금증을 풀어줄 현자가 남아 있지 않다. 붓다도, 예수도, 마호메트도, 공자도 우리의 우주엔 없다. 유튜브와 트위터

레미 킬미스터가 활약한 호크윈드

와 네이버 지식인이 있긴 하지만 그들이 내놓는 답은 항상 우리가 원하는 답보다 많다.

실망은 아직 이르다. 우리의 천진난만한 물음에 대한 응답을, 1973년에 이미 스페이스 록 밴드 호크윈드가 내놓았다.

우리는 호크윈드의 '스페이스 리추얼' 앨범에서 로큰롤 현자들의 응답을 들을 수 있다.

심연과도 같이 징징거리는 베이스 기타의 리듬과 함께. 웅웅거리는 우주적 신시사이저의 선율과 함께.

물론 호크윈드는 현자이므로 말의 한계를 잘 알고, 말로 설명하려 들지 않는다. 오직 비트와 리듬만으로, 절묘하게 뿌려지는 리프 패턴으로 설파한다.

"우주의 경계 너머에는 생각이 있는 거야! (징징징)

생각해봐, 우주를 한번에 담을 수 있는 건 생각밖엔 없어! (웅웅웅)"

그래, 동의한다, 우주의 경계 너머에는 생각이 있다!

우리는 앨범 크레디트에서 헤비 로커 중의 헤비 로커, 로큰롤 현자 중의 현자 레미 킬미스터의 이름을 발견할 수 있다. 레미는 1973년에 이미 역사에 남을 박진감 넘치는 헤비 리프를 선보였다. 우리는 '스페이스 리추얼'을 통해 질주하는 기타 리프에 아로새겨진 그 오묘한 현자의 지혜를 들을 수 있다.

"우주의 경계 너머에는 생각이 있다네, 네, 네… (징징징)

우주의 경계 너머에서 우주를 담을 수 있는 건 우리의 생각뿐,
뿐, 뿐… (웅웅웅)

그렇다면 우리는 우리의 생각에 갇혀 있는 것인가, 가, 가… (광
광광)

또 그렇다면 우리는 우주를 생각하는 우주인 것인가, 가, 가…
(징징징)

자, 그러면 이제… (둥둥둥)

생각으로 우주를 튕기고 두드리고 연주해볼까, 까, 까… (쾅
쾅쾅)"

Hawkwind, Space Ritual, 1973

───

⟡ 2015년 레미 킬미스터Lemmy Kilmister의 영면 소식이 전해졌을 때, 호크윈드의 사운드를 기억하는 팬들은 두배로 슬펐을 것이다. 레미는 1970년대 호크윈드의 멤버로, 마치 우주를 유영하는 듯 둔중하고 환각적인 사운드로 록 음악 혁신을 이뤘다.

호크윈드의 두장짜리 실황 앨범 '스페이스 리추얼'에서 레미는, 그 이후의 많은 헤비메탈 밴드들이 따라 했던 공격적인 헤비 리프(반복 악절)를 선보였다. 보통의 록 음악에서 리듬 파트인 베이스는 박자를 맞추고 사운드를 두텁게 하는 부차적인 역할에 머물지만, 레미의 베이스는 전면에 나서서 호크윈드의 사운드에 질주하는 듯한 속도감을 더했다.

⤳레미가 '스페이스 리추얼'에서 선보였던 헤비 리프가 무엇의
형상화인지는, 그가 호크윈드 시절에 쓴 「모터헤드Motörhead」라는 곡
의 제목에서 드러난다. 그는 가솔린의 폭발에 의해 규칙적인 힘을
생산해내는 실린더의 역동성을, 고속도로를 달려 나가는 자동차나
오토바이의 속도를 자신의 베이스로 재현하려 하지 않았을까.

레미는 호크윈드를 나오고 나서 아예 모터헤드라는 헤비메탈 밴
드를 결성한다.

⤳호크윈드는 스페이스 록 사운드의 개척자로 알려졌지만, 사이
키델릭 록 밴드라는 표현이 더 걸맞다. 정신을 쏙 빼놓는 환각적인
사운드라는 점에서 스페이스 록은 사이키델릭 록의 한 지류다.

스페이스 록이 무엇인지는 '스페이스 리추얼'을 들어보아야 안
다: 주문을 읊조리는 주술사 같은 보컬/영롱하게 메아리처럼 울려
퍼지는 신시사이저의 효과음/강력한 최면 효과가 있는 헤비 리프/
길면 10여분에 이르는 연주 시간 동안 한숨도 쉬지 않고 울려대는
베이스와 드럼.

이런 각각의 연주가 한데 조화를 이뤄 우주를 항해하는 인간의
꿈, 우주선의 환각을 연출해낸다.

⤳앨범 재킷의 여신은 스타벅스 로고의 그 여신일 수도 있다.

⤳레미는, 헤비메탈 장르의 단순 무식한 이미지와는 달리 작사,

작곡, 보컬, 연주를 모두 해낸 다재다능한 뮤지션이었고, 공연의 무대 연출과 록 사운드의 혁신을 이뤄낸 선구자이기도 했다.

마이크를 높이 뽑고 턱을 치켜든 채로 노래를 부르는 레미의 창법도 새로운 것이었다. 그라인더로 금속을 갈아내는 듯한 거친 목소리는 그런 자세에서 나왔다고 한다.

도망쳐라,
사랑이 쫓아온다

그레이스가 어젯밤 다시 문을 쾅 닫고 나갔다.

그레이스는 내가 붙여준 별명으로, 그녀는 좋아하지 않았다.

"난 윤영이야. 불러봐, 김이윤영."

하지만 나는 그녀가 기분이 나쁘지 않을 때를 노려 한껏 애교 섞인 목소리로, 기습적으로 그레이스, 하고 부르곤 한다.

그레이스는 정말 그레이스 슬릭을 닮았다. 1966년 할리우드 빅터 스튜디오에서 제퍼슨 에어플레인의 메인보컬로 「화이트 래빗」을 녹음할 때의 그레이스 슬릭을. 다크서클이 심할 때는 더했다.

그레이스는 서울과 남양주시의 경계, 망우로와 경춘로의 경계인 이곳으로 집을 옮긴 것도 마음에 들어하지 않았다. 큰 도로가 바로 앞에 있어 밤낮으로 시끄럽고(그러면서 교통은 또 불편하고), 타이어에서 나오는 미세먼지도 무섭고(옥상이 있으면 뭘 해, 일광욕도 못 하는데), 근처에 캠핑 숲이 있어 이상한 사람들이 내려올 수도 있어 불안하다고 했다(그 불안에는 묘지공원의 음침한 그림자도 한몫을 했다).

하지만 그레이스가 문을 쾅 닫고 나가서 아직까지 돌아오지 않은 데에는 더 큰 문제가 있었다.

내가 아날로그의 삶을 다시 살게 됐기 때문이다.

아날로그의 삶을.

데스크톱을 치워버리고 몰스킨과 볼펜을 사들이고, 휴대전화를 없애고 유선전화를 들이고, DSLR 카메라를 두고 필름 카메라를 또 사고, 팔았던 엘피와 턴테이블과 라디오를 다시 사들이고, 텃밭을 가꾼다며 마당을 뒤집어엎었다가 벌레만 들끓는 몹쓸 땅으로 만들었다.

그레이스가 나간 지 하루가 지나서 나는 그녀를 찾아 동네 한바퀴를 돌고는 옥상으로 올라갔다. 그녀는 옥상의 데크 체어에 딸기맛 풍선껌 같은 차림으로 누워 있었다(그녀는 자기를 간식에 비유하는 것을 싫어했고, 그럴 때면 나를 오겹살이라고 놀렸다). 선글라스만 감초사탕 색이었다.

나는 그레이스에게까지 아날로그의 삶을 권하지는 않았다. 그녀는 인터넷도 휴대전화도 노트북도 영화 불법 다운로드도 전처럼 사용했고 디지털 라이프를 즐기며 살고 있었다.

제퍼슨 에어플레인의 그레이스 슬릭

"우리 얘기 좀 해."

"네가 햇빛을 가리고 있잖아. 비켜, 할 얘기 없어. 난 갈 거야."

내가 어디로 갈 거냐는 질문을 하려는 참에 도로에서 웅성거리는 소리가 올라왔다.

나는 옥상 난간으로 가 한참 아래를 내려다보다가 오늘이 민방위 훈련 날이냐고 물었다. 그레이스는 콧방귀만 뀌었다. 차들이 도로에 멈춰 서 있었고 사람들이 도로를 종종걸음 치거나 달리고 있었다.

망우로와 경춘로 모두가 그랬고, 아스라이 멀어지는 도로의 끝까지 똑같은 풍경이었다. 차들은 버려졌고 사람들은 달리고. 나는 오늘 전쟁이라도 났어? 하고 물었다. 그제야 그레이스는 내 옆에 와 섰다.

"차가 왜 멈춘 거예요?"

그레이스가 난간 아래로 상체를 내밀고는 외쳤다.

와이셔츠에 정장 바지 차림의 중년 사내가 바삐 발걸음을 옮기고 있었다. 웃옷을 벗어놓고 운전을 하다가 급하게 뛰쳐나온 사람처럼 보였다. 그 뒤로는 한 여성이 양손에 하나씩 어린아이 손을 잡고 걸음을 재촉하고 있었다. 그 뒤로는 운전용 샌들을 신은 노인이 비슬비슬 걷고 있었다.

도로가 붐빌 시간이라 차가 많았고, 그 차들에서 뛰쳐나온 사람들은 더 많았다. 차를 버린 사람들은 망우로와 경춘로 이쪽저쪽에서 시력을 잃은 사람들처럼 우왕좌왕하고 있었다. 도로를 나가 논

둑길을 달리는 사람도 있었고 과수원으로 몸을 감추는 사람도 있었다.

"북한이 미사일이라도 쐈대요?" 그레이스가 소리쳐 물었다.

"외계인이라도 나타난 거예요?" 그레이스가 아래를 향해 팔을 내저었다.

"맞다, 좀비! 공동묘지에서 드디어 시체들이 살아 일어나기 시작한 거야!"

그레이스가 내 팔목을 잡고 아래층으로 뛰어 내려갔다.

그레이스는 주방에 둔 라디오를 켜더니 다이얼을 돌려 주파수를 맞춰보았다. 그러고는 거실로 가 텔레비전을 켜더니 리모컨을 꾹꾹 눌러보았다. 다음은 와이파이 공유기에 불이 깜빡이는지 확인하더니 안방의 작은 텔레비전을 켜고 그 앞에 우두커니 서 있었다.

어느 것이나 영상도 소리도 잡히지 않았고 그저 노이즈, 노이즈뿐이었다. 그레이스는 휴대전화를 꺼내 상태를 다시 확인하더니 마침내 나를 돌아보았다.

"오겹살, 해결 좀 해봐!"

그레이스는 다시 내 손목을 잡고 집 밖으로 뛰어나갔다. 그러고는 처음 마주치는 양가죽 재킷을 멈춰 세웠다.

"좀비, 좀비가 나타난 거예요?"

"좀비? 좀비 같은 게 세상에 어디 있어요!"

그레이스는 다시 개나리꽃 무늬 치마를 잡아 세웠다.

"좀비가 아니에요?"

"좀비가 뭐래?"

"그럼 왜 차를 안 타고 뛰는 거예요?"

"시동이 꺼졌으니까 뛰는 거 아니에요?"

와인색 첼로 가방을 질질 끌고 가는 앳된 사내아이를 붙잡았을 때, 그레이스는 비로소 제대로 된 질문을 할 수 있었다.

"뭣 때문에 도망가는 거니? 뭐가 쫓아와?"

"아, 아줌마!"

사내아이는 성가셔죽겠다는 표정으로 나와 그레이스를 번갈아 쳐다봤다.

"제 열다섯살 때 첫사랑이 쫓아오잖아요, 첫사랑이. 헤어질 때 못되게 굴었다고. 곧 잡아먹힐지도 몰라요. 어, 어, 벌써 저만큼 왔네."

사내아이는 하얗게 질린 얼굴을 하고는 첼로 가방을 짊어지고 다시 뛰기 시작했다.

그레이스와 나는 공포에 떠는 두 눈동자가 향했던 방향을 멍하니 쳐다봤다. 그 방향에는 엔진이 죽어버린 차들과, 그다지 사랑과는 관련 없어 보이는 볼썽사나운 피난민들만 도로를 내달리고 있었다.

나는 사내아이를 잡아먹으려고 뒤를 쫓는 사랑 같은 걸 찾아보았지만, 그런 건 없었다. 사랑은 없었다.

"뭐야, 없는 게 당연하지."

언제나 현명했던 그레이스가 혀를 찼다.

"사랑은 우리한테도 없잖아."

그레이스와 나는 집 앞에 우두커니 서서 사랑의 피난 행렬을 바라보았다. 몇몇에게 말을 더 걸어보았지만 들려오는 대답은 한결같았다. 도망쳐라, 사랑이 쫓아온다!

그래서 우리는 사랑이 쫓아온다면 오히려 맨발로 뛰쳐나가 두 팔 벌려 환영할 일이 아닌가, 하고 의견을 나눴다. 바로 한시간 전까지만 해도 우리에겐 사랑이 절실했다.

하지만 우리가 지금처럼 아웅다웅 못 잡아먹어서 난리인 것을 생각하면(지난주에는 정말로 식칼을 들고 마당에서 추격전까지 벌였다), 그 모든 원흉이 사랑 같기도 했다.

우리는 사랑에게 날마다 우리 자신을 먹이로 제공했다. 우리의 사랑은 서로의 내장을 뜯어먹으며 목숨을 부지하는 좀비였다.

생각이 여기까지 미치자 우리는 상의할 필요도 없이 집으로 뛰어 들어가 피난 짐을 싸기 시작했다. 우리 둘 다 좀비 드라마의 팬이기 때문에 생존 배낭에 뭘 넣어야 할지 대충 알고 있었다.

하지만 우리의 삶은 이미 너무 디지털 의존적이었다. 우리에겐 지도가 없었고(휴대전화의 구글 지도를 맹신했다), 판초 우의도 없었고, 양초도 없었고(휴대전화의 손전등 기능을 맹신했다), 구급상자도 없었고, 라이터도 없었고(나는 담배를 끊었고 그레이스는 전자담배를 피웠다), 그래서 우리는 담요와 수건과 주전부리로 사다 놓았던 스낵들과 라면을 챙겼다(하지만 버너가 없었다). 사과 한봉지를 뜯어서는 사이좋게 네알씩 나누었다.

우리는 생존이 의심스러운 생존 배낭을 챙겨 도로로 나왔지만 어디로 달아나야 할지 알 수 없었다. 사랑엔 정해진 방향이 없고, 그래서 늘 우왕좌왕 이랬다 저랬다 하게 된다.

"흠, 어디로 뛸까?"

그레이스는 날 돌아보았고 문득 그녀가 나로부터 도망치리라는 예감이 들었다. 적어도 여기로 이사 오기 전까지 그녀의 사랑은 나였으니까. 그리고 나도 그녀로부터 도망치게 될 것이라는 생각에 슬퍼졌다.

나는 여전히 그녀를 사랑하지만 갈수록 우리의 사랑은 끔찍해졌다. 나는 사랑의 좀비가 될 바에야, 하는 생각으로 그녀로부터 달아나기 시작했다.

조금 뛰다 돌아보니 그레이스가 나를 바싹 쫓고 있었다. 아, 저것이 나를 잡아먹으려는 좀비 같은 사랑인가보다! 하는 생각이 퍼뜩 들었다. 그녀의 딸기색으로 달아오른 두 뺨이 드라마에서 본 좀비처럼 무서웠다. 나는 걸음을 빨리했지만 처진 배와 생존 배낭이 엇박자로 출렁여서 속도가 나지 않았다.

얼마나 도망쳤을까, 그레이스가 나를 앞질러 나가기 시작했다.

"자기 어디로 가?"

내가 소리치자 그레이스가 조금씩 내게서 멀어지며 나를 돌아봤다.

"도망가는 거잖아."

"뭐 한테서?"

"뭐긴, 사랑한테서지."

"근데 왜 나랑 같은 방향으로 가?"

"아, 뭐래, 네 뒤에 내가 지난겨울까지 만났던 교수님의 사랑이 쫓아오잖아."

"뭐, 교수? 그 교수하고는 나 만나자마자 헤어졌다고 했잖아."

"아, 뭐래⋯ 내가 정말로 교수님을 잊지 못했던 걸까, 아이, 참⋯ 교수님, 사랑하기엔 교수님은 너무 제 아버지 같으세요⋯"

그러면서 그레이스는 눈물을 훔쳤고, 곧 다른 이들처럼 공포에 질려서 두 팔을 휘저으며 멀리 달아나버렸다.

나는 도로 가운데 우두커니 멈춰 섰다. 내 사랑 그레이스가 저 멀리 가버렸으니, 굳이 내가 달아날 필요는 없었다. 여전히 사랑에 쫓기는 피난민들이 나를 지나치며 이쪽저쪽에서 내 어깨를 쳐댔다. 그들은 비키라며 한마디씩 했다.

"은선이가 내가 양다리 걸쳤다는 사실을 알아차린 것 같아요!"

"미안해요, 남자친구가 저더러 결혼하재요!"

"김여사가 재산을 나누지 못하겠다면 이 사랑도 없어요!"

"걔 손을 왜 네가 잡아!"

"스페어 열쇠는 누구 줬냐니까!"

"치한 쫓으려고 갖다놓은 남자 운동화에서 왜 발 고린내가 나냐고!"

"장모를 우리가 왜 모셔야 하는데!"

"아파트 명의변경이나 빨리 해!"

슬프고 무서운 사랑의 악다구니는 끝이 없었다. 사랑이 무서워지는 이유는 정말 하찮다.

내가 방향을 잃고 우물쭈물하고 있자 귀찮다는 듯이, 아저씨는 쫓아오는 사랑도 없어요? 하고 쏘아붙이는 피난민도 있었다. 그녀는 자기가 동성애자인 줄 알았던 때에 사귀었던 여자친구와의 사랑으로부터 도망치고 있었다. 참 불쌍한 인생이네, 그녀는 그런 표정으로 나를 흘겨봤다.

"사랑은 아날로그야."

나는 도로 한가운데서 넋이 빠져 소동을 지켜보다가 중얼거렸다. 사랑이 무서워지면 별수 없다, 두 발로 직접 뛰어서 도망쳐라. 사랑은 이메일이나 하드디스크의 여행 사진처럼 쓱 삭제해버리고 말 일이 아니다.

제퍼슨 에어플레인은 1966년 '초현실주의 베개'에서 이미 사랑에 쫓기는 흰 토끼에 대해 노래한 적이 있었다. 리드보컬 그레이스 슬릭은 몽환적이면서도 힘이 넘치는 목소리로 사랑 앞에 비겁한 남자들을 나무랐다. 록의 역사에서 가장 인간적인 감성으로 충만한 아날로그 목소리를 꼽으라면 나는 그레이스 슬릭을 추천할 것이다. 그녀는 '초현실주의 베개'를 듣는 모든 남자들을 초현실적으로 질겁하게 하고 오그라들게 했다.

"장난해? 넌 사랑을 해본 적이 없어, 없다고… (오오)

그러니 도망치렴,

진짜 사랑이 쫓아오잖아! (우우)

네 인생의 진정한 파국,

사랑이 쫓아오잖아!"

Jefferson Airplane, Surrealistic Pillow, 1967

✺록 음악의 지난 기록에서 여성 호걸을 찾는 일은 어렵지 않다. 록의 자유분방한 특성 때문인지, 남성을 희롱하고 자신의 음악적 주장을 굽히지 않았던 여성 로커가 적지 않았다.

그레이스 슬릭Grace Slick이 그랬다. 그녀는 1960년대부터 제퍼슨 에어플레인의 메인 보컬로 참여해 2000년대까지 밴드를 이끌었다.

✺제퍼슨 에어플레인은 사이키델릭 록 사운드의 표준을 만들다시피 한 밴드였지만, 시대의 변화를 따라 밴드 이름을 제퍼슨 스타십Jefferson Starship으로, 다시 스타십Starship으로 바꿔가면서 온건한 소프트 록 밴드로 변신을 거듭했다.

이 변신은 적중해, 스타십의 이름으로 빌보드 넘버원 히트곡「위빌트 디스 시티We Built This City」를 내기도 했다. 그레이스 슬릭이 마흔 여섯살 때였다.

☙지나간 한 시대를 설명할 때 빼놓을 수 없는 문화적 지표들이 있다. 미국에서 반전운동과 히피문화가 정점에 올랐던 시기의 지표 는 '초현실주의 베개Surrealistic Pillow'였다. 이 앨범은 제퍼슨 에어플레 인의 출세작이자 사이키델릭 록의 시발점이기도 했지만, 데니스 호 퍼Dennis Hopper 감독의 「이지 라이더Easy Rider」와 올리버 스톤Oliver Stone 감독의 「플래툰Platoon」에 영화음악으로 쓰일 만큼 당대를 설명하는 데 있어 상징적인 의미를 지닌다.

이 앨범에는 그레이스 슬릭의 마력을 전세계에 알린 「화이트 래 빗White Rabbit」이 담겨 있다. 그녀는 비브라토 없이 쭉쭉 내지르는 백 인들의 샤우팅 창법을 쓰고 있지만, 때로는 약물 복용으로 인한 환 각을 표현하려는 듯 몽환적인 목소리를 내기도 하고, 때로는 시대 의 불안과 공포에 대해 나지막이 경고하는 듯한 목소리를 내기도 하고, 때로는 사랑에 들떠 환희에 복받치는 목소리를 내기도 했다. 그녀의 호방한 성격이 그대로 드러나는 울림이 큰 목소리는 앨범 전체를 지배하고 있다.

☙「화이트 래빗」은 약을 먹은 이상한 나라의 앨리스 이야기다.

☙그레이스 슬릭의 경력은 록 밴드의 보컬에만 고정되어 있지

않았다. 그녀는 작사, 작곡도 했고 악기 연주와 프로듀서 일도 함께 했고, 앨범 재킷을 디자인하기도 했으며, 패션모델로도 활약했다. 그녀의 1960년대 사진을 지금도 가끔 보는데, 내가 과연 그녀의 음악을 사랑했는지 외모를 사랑했는지 헷갈릴 정도로 서양 미인 하면 떠오르는 전형적인 아름다움을 갖고 있다.

그레이스 슬릭은 마흔장이 넘는 앨범을 출반한 성공한 뮤지션이고, 2010년대인 현재도 여전히 작곡가와 화가로 활동하고 있다.

그리고 삶은 계속된다

그리고 봄이 시작되고부터 이상한 남자들이 찾아와 초인종을 누르기 시작했다.

그날은 집에 나뿐이었다. 초인종이 울려 현관을 열고 나가보니 정원을 둘러싼 산울타리 너머에 육상선수처럼 짧게 머리를 자른 남자 둘이 서 있었다.

"무슨 일이세요?" 나는 현관 층계에 서서 소리를 높였다.

"길 가다 좋은 음악이 들려서요."

하드 록 밴드 신 리지의 「레니게이드」가 내 방에서 소음처럼 쏟아져나오고 있었다.

"아, 예."

"아뇨, 좋았다니까요."

은색 바탕에 회색 줄이 있는 넥타이를 맨 남자가 불두화 너머에서 말했다.

"혹시 그 곡이 신 리지의 「레니게이드」 아닌가요?"

"맞아요."

나는 놀랐다. 창문을 넘어 들리는 뭉개진 소음을 듣고 신 리지의 노래라고 맞힐 수 있는 사람이 세상에 몇이나 될지도 의문인데, 곡명까지 맞히다니. 노래는 1983년 실황 녹음으로, 꼭 내 나이 두배만큼 오래되었다.

"이런 시골에서 신 리지의 '라이프(브)' 앨범을 귀청이 떨어져라 크게 틀어놓는 집을 보게 되다니요."

와인색 와이셔츠를 받쳐 입은 남자가 두 손을 머리에 토끼 귀처럼 갖다 대고는 펄럭였다.

"'라이프(브)' 앨범은 이번 생의 애청 앨범이지요." 은색 넥타이가 덧붙였다.

"하지만 뭐랄까, 집 앞을 지나는 사람들한텐 약간 신경에 거슬린다고나 할까요?"

나는 음악 소리가 크다고 길 가던 남자들에게 항의를 받아본 적이 없었으므로 당황했다. 여기는 시골길이고, 소음으로 어지럽히기에는 지나치게 한산하고 널찍했다. 가장 가까운 이웃이 300미터 멀리, 파밭 너머에 있었다.

"아, 예." 난 난처한 표정을 지었다.

"아뇨, 아뇨, 좋았다니까요." 와인색 와이셔츠가 말했다. "다만

필 라이넛과 신 리지

신 리지의 팬이라면 밴드명 신 리지가 탄생하게 된 어원 정도는 알고 있는지 궁금하기는 하지요."

"네?" 내가 어원 따위를 알 턱이 없었다.

"신 리지라는 밴드 이름은, 리더인 필 라이넛이 타던 'Tin Lizzie'라는 털털이 싸구려 자동차에서 따온 거예요."

와인색 와이셔츠가 흥얼거리는 듯한 목소리로 말했다.

"다음부터는 어원이라도 알고 들으시라고요."

은색 넥타이가 덧붙였다. 그리고 둘은 쌍둥이처럼 똑같은 미소를 기이하게 지어 보이더니 대로 쪽으로 가버렸다.

그리고 두번째로 이상한 남자들이 찾아왔다.

"개나리 가지치기는 언제 했나요?"

옥색 줄무늬가 있는 잿빛 넥타이를 맨 남자가 말했다.

어린 개나리 가지들이 남자의 허리춤에 눌려 휘어져 있었다. 우리 집은 담장을 따로 올리지 않았다. 불두화와 무궁화, 개나리 따위로 얼기설기 산울타리를 만들고, 가운데에 대문 시늉만 낸 작은 기둥 두개를 세워놓았다.

"가지치기를 잘 안 해주면 가지가 길 가는 사람한테 걸리적대지 않겠어요?"

쥐색 라운드 셔츠에 흰 재킷을 걸친 남자가 말했다. 둘 다 짧은 머리를 하고 있었지만 지난번 그 남자들인지는 알 수 없었다.

"실은 우리 차가 이 집 개나리 가지에 좀 긁혔어요."

흰 재킷이 말했는데 아무리 둘러봐도 둘 주변 어디에도 자동차는 서 있지 않았다.

"이보세요, 차가 어디 있다고 그래요."

엄마가 나와 팔짱을 끼며 말했다. 그러자 줄무늬 넥타이가 미소 지으며 말했다.

"아니, 아니, 혹시 가지치기를 잊지는 않았는지 궁금했던 겁니다."

"차에 흠집이 나거나 한 건 아니에요." 흰 재킷이 웃으며 덧붙였다. "나뭇가지가 차를 긁으면 얼마나 긁겠어요."

"그러니까 차가 어디 있냐고요?"

엄마가 내게 잔소리할 때처럼 따져 물었다.

"지금 우리가 하는 말을 의심하세요?"

둥글둥글한 목소리로 흰 재킷이 다시 입꼬리를 끌어올렸다.

"아니, 그래서 차가 어디 있는지 묻는 거잖아요."

엄마는 물러나지 않았다.

"허 참." 줄무늬 넥타이가 말했다. "끝까지 우리를 의심하시네요. 아무튼 우리는 가지치기하시라고 분명히 말씀드렸습니다."

"뭐요?" 엄마가 목소리를 높였다.

두 남자가 사라진 뒤로 엄마는 며칠 무심한 얼굴로 지냈다. 그러다가 볕 좋은 일요일 아침 전지가위를 꺼내 와 길 쪽으로 더부룩더부룩 우거진 개나리 가지들을 말끔히 잘라냈다. 내가 그 두 남자 이야기를 하자, 이모는 이런 시골에 그렇게 잘 차려입은 남자들이 찾아올 리 없다고 내 말을 의심했다.

세번째 방문 때는 이모도 함께했다. 현관을 열고 이모와 내가 앞장서고 엄마가 뒤에서 짐짓 근엄한 표정을 짓고 섰다. 두 남자는 여전히 육상선수 같은 머리를 하고 잘 차려입고 있었지만, 지난 두번과 같은 인물들인지는 확신할 수 없었다.

"파리가 앉아서 날아가지를 않네요."

핑크색 리넨 재킷 아래 매시 티를 받쳐 입은 남자가 음식물쓰레기통 뚜껑이 열려 있다고 말했다. 재킷 없이 흰 라운드 셔츠만 입은 남자는 아까 자기들이 도착했을 때는 파리가 두마리였는데 지금은 네마리가 음식물쓰레기통 위를 날아다닌다고 말했다.

"이런, 어서 나와서 닫지 않으면 알을 깔지도 몰라요."

"아까 두마리일 때 왔다고요?" 이모가 물었다.

"네." 핑크색 리넨 재킷이 말했다.

"파리 두마리가 네마리가 되는 동안 남의 집 앞에 계속 서 있었다는 말이잖아요."

"네, 그런데요?" 흰 라운드 셔츠가 되물었다.

"왜 남의 집 앞을 지키고 있냐고요."

이모도 엄마처럼 처음엔 물러나려고 하지 않았다.

"여긴 그냥 길이잖아요." 리넨 재킷이 말했다. "설사 사유지더라도 우리한테는 통행권이 있어요."

"집 앞 도로가 이 집 땅인가요?" 라운드 셔츠가 물었다.

하지만 우리는 답을 알지 못했다.

"그래서요?" 이모가 쏘아붙였다. "거기 있고 싶으면 계속 있으시든가."

"이봐요." 엄마가 떨리는 목소리로 적의를 드러냈다. "뭘 바라고 자꾸 남의 집엘 찾아오는 거예요?"

"뭘 바라느냐고요?" 리넨 재킷이 라운드 셔츠를 돌아보며 중얼거렸다. "바라는 거라…"

"음식물쓰레기통이 열려 있어서 파리가 꼬이니까, 뚜껑을 닫으십사?"

두 남자가 동시에 똑같은 표정을 하고 웃었다.

"그렇게 싫으면 아저씨들이 닫으시면 되잖아요?" 나도 나섰다. 심장이 덜컹거렸다.

"우리더러 닫으라고요?"

두 남자는 잔잔하게 미소 지었다.

"그건 안 될 것 같아요. 남의 냄새나는 쓰레기를 왜 우리가."

"어려워요." 라운드 셔츠가 찬찬히 우리 셋과 눈을 맞췄다.

"직접 나와서 닫으셔야 하지 않을까요?" 리넨 재킷이 설득조로 말을 이었다.

"직접 닫으세요." 두 남자가 동시에 반복해 말했다.

하지만 우리 중 누구도 선뜻 현관 계단 아래로 발을 딛지 못했다.

그리고 그다음 주에 남자들이 또 왔다. 나는 읍내에 볼일을 보러 가서 없었다.

이모 말로는 이번엔 불두화가 너무 예쁘다는 트집을 잡고 갔다고 했다. 불두화가 너무 찬란하게 아름다워서 눈을 못 뜨겠고, 그래서 통행에 방해가 된다는 트집이었다.

엄마는 울화병이 도졌는지 부엌에 들어가 종일 봄나물을 다듬었다.

"그래서 이모, 이모는 뭐라고 했어?"

"그러면 불두화더러 못생긴 꽃을 피우라고 하냐고 따졌지."

"어머, 그래서?"

"그냥 웃기만 하던데?" 이모가 혀를 내둘렀다.

"왜 있잖아, 화내는 것보다 더 무서운 미소 같은 거. 어떤 상황에서도 미소를 잃지 말라는 명령을 받고 나온 남자들 같았어. 명령에 죽고 사는 그런 남자들이 있다지."

"저번이랑 같은 남자들이야?"

하지만 이모 역시 그 두 남자가 지난번의 그 두 남자인지는 확신하지 못했다.

이모는 세상 남자들은 다들 너무 비슷비슷하게 생긴데다가, 차려입는 것도 개성이 없다고 말하곤 했다. 남자들은 종으로부터 개체의 분화가 덜 됐다는 게 이모의 지론이었다.

이번엔 증거를 남겨놓기 위해 이모가 휴대전화로 사진을 찍으려 했지만 남자들이 손가락을 치켜들고 까딱거리며 저지를 했다고 했다. 이제는 누가 정원 바깥을 어슬렁거리는 기미만 느껴져도 심장이 두근거렸다.

그리고 다섯번째 방문이 있었다.

우리가 창문 커튼 뒤에서 지켜보는 동안 두 남자는 한참이나 산울타리 앞을 오가며 속삭이듯 이야기를 나누었다. 그러다 초인종을 눌렀고, 이모와 나는 현관을 열고 나가 두 남자와 개나리꽃 위를 노니는 즐거운 꿀벌들에 대해 논쟁을 벌였다. 남자들은 하마터면 벌에 쏘일 뻔했고, 저기 어딘가에 등에도 있다고 알려왔다. 그러고는 붙박이 장식장 같은 미소를 지으며, 썩지 않는 원목 울타리를 싼값에 주문할 수 있는 연락처를 알려주겠다고 제안해왔다.

"행인이 쏘이기라도 하면 미안하지 않겠어요?"

두 남자는 음흉하게 웃었다.

그리고 여름이 시작되었을 때, 두 남자가 커다란 장우산을 하나씩 쓰고 여섯번째로 나타나서 집 앞 도로가 배수가 잘되지 않는 듯하다고 빗줄기 속에서 소리치며 지적했다. 역류한 하수에 운동화가 잠길 뻔했다고 했다.

그리고 지난주에는 엄마 혼자 있을 때 일곱번째로 나타나 초인종을 누를 때마다 찌릿찌릿 전기가 온다며 누전이 있는 모양이라고 알려왔다. 행인이 억울하게 죽을 수도 있겠다고 엄마를 설득하려 들었다. 엄마는 잠자코 듣고만 있다가 남자들이 가고 나서 청심환을 까 먹었고, 읍내에서 수리 기사를 불러 초인종을 떼고 풍수에 좋다는 풍경 종을 달았다.

우리는 여러차례 경찰에 전화할 기회를 노렸지만 남자들은 한번도 산울타리 안쪽으로는 발을 들여놓지 않았고, 위협적인 몸짓을 하거나 협박으로 들릴 말도 하지 않았다. 심지어 얼굴 한번 찌푸리지 않았고, 희멀건 인상은 대체로 시골 사람 같지 않고 좋아 보였다.

그리고 오늘, 여덟번째로 남자들이 왔다. 집에는 나 혼자였고, 종이 울리자 기다렸다는 듯이 현관을 열고 나갔다.

"뭐예요! 뭔데 우리를 괴롭혀요!"

두 뺨이 불끈거렸다. 너무도 처참한 기분에 목소리는 떨리지도 않았다.

"우리가 언제 괴롭혔어요?"

두 남자가 깜짝 놀라서 동시에 외쳤다.

"만날 그 소리, 안 괴롭혔다, 안 괴롭혔다…"

나는 화난 투로 쏘아붙였다.

"그러면 왜 만날 찾아와서 시비를 거는 건데요?"

나는 두 남자의 미소가 소름 끼치고 못 견디게 싫었다.

"시비라니요, 우린 아직 아무 말도 안 했는데요?"

"그래요? 그러면 오늘은 뭐라고 할 건데요!"

그러자 개나리처럼 샛노란 티셔츠를 입은 남자가 말했다.

"무궁화 꽃망울이 너무 예뻐요."

나는 어이가 없어 말을 잊었다.

"꽃망울이 다음 주쯤이면 터지겠네요."

연두색 남방을 걸친 남자가 말했다.

"올해의 첫 무궁화꽃이 되겠어요. 이 흘러내리는 듯한 윤기 나는 보랏빛을 봐요." 개나리 티셔츠가 말을 이었다.

"조물주는 어떻게 이런 배색을 다 생각해냈을까요?"

"조물주요?" 내가 소리 질렀다. "무궁화꽃이 피면 또 찾아와서 벌레 꿘다고 괴롭히려고!"

"이봐요." 연두색 남방이 타이르듯 말했다. "그런 게 인생이에요."

"뭐요!"

"인생, 라이프…" 개나리 티셔츠가 자분자분한 목소리로 설명했다.

"신 리지의 '라이프(브)' 앨범 제목이 무슨 뜻이겠어요?"

"삶이자 실황이라는 의미잖아요?" 연두색 남방이 설명을 이었다. "삶이란 매 순간 실황이고, 삶에 스튜디오 녹음은 없다… 이런 메시지 아니겠어요?"

"스튜디오 녹음 없는 인생은, 재녹음할 수 없는 인생은… 매 순간 실황일 수밖엔 없는 인생…"

"아, 짜증나. 누굴 가르치려 들어! 됐어요!"

나는 현관을 쾅 닫고 들어와 숨을 돌리다가 커튼 뒤에 멀찍이 서서 집 앞을 떠나는 두 남자를 지켜봤다. 두 남자는 사라졌다. 하지만 열흘쯤 뒤에 다시 대문 앞에 서 있는 같은, 혹은 다른 두 남자를 보게 될 것이다.

나는 방으로 돌아와 신 리지의 '라이프(브)' 앨범을 찾아 남자들의 말을 확인했다. 재킷에 쓰인 '라이프(브)'는 라이프로도, 라이브로도 읽을 수 있게끔 F와 V가 겹쳐 있었다.

또 당연히, 라이브를 거꾸로 읽으면 '사악한, 악랄한'이란 뜻의 '이블'이 되었다. 두 남자가 말한 것처럼 스튜디오 녹음이 없는 삶이란 한번 지나가면 고쳐 살 수 없는 실황의 삶이고, 그렇게 고쳐 녹음할 수 없는 삶이란 사악하기 그지없는 삶이다.

나는 「레니게이드」를 다시 틀었다. 나는 「더 로커」를 몇번이고 반복해 틀었다. 6기통 엔진을 단 모터사이클 같은 헤비 리프가 온 방 안을 달리며 소란스럽게 울렸다. 싸구려 자동차의 머플러가 쏟아내는 것 같은 폭발음이 집 전체를 흔들었다.

「더 로커」의 절정에서, 필 라이넛이 에릭 벨! 스콧 고햄! 하고 이름을 부를 때마다 기타리스트들이 달려 나와 즉흥 연주의 경연을 펼쳤다. 게리 무어! 브라이언 로버트슨! 하고 부르면 기타 영웅들이 피크가 부러져라 기타 줄을 튕겼다.

1983년의 '라이프(브)' 앨범을 함께했던 기타 영웅들은 평생 삶에는 스튜디오 녹음이 없는 듯이 살았다. 술과 약물에 취해 엉망진창이었던 적도 있었고 망신살이 뻗치거나 느닷없는 삶의 공포에 은퇴를 선언하기도 했지만 그들은 모두 무대에서는 기타 영웅이었다.

이제 그들 대부분은 이 세상 사람이 아니지만 우리는 싸구려 자동차 신 리지의 '라이프(브)' 앨범에서, 그들의 흘러넘치는 엔진 폭음과도 같았던 삶을 언제든 다시 듣고 즐길 수 있다.

Thin Lizzy, liv(f)e, 1983

───

  👉신 리지는 그들의 '라이프(브)'를 듣고 너무 좋아서 스튜디오 앨범까지 샀다가 몇번이나 실망한 밴드다. 스튜디오 앨범이 나빠서가 아니라 '라이프(브)' 앨범이 너무 뛰어났던 것.

  서양의 록 음악에서 실황 앨범이 더 좋은 경우는 흔한데, 그들의 주 수입이 음반 판매가 아닌 공연에서 나오기 때문이라고 한다. 그들은 연습실에서가 아니라 공연장에서 팬들과 직접 교감하면서 성장한다. 1년에 300일 넘게 순회공연을 다니다가 밴드가 깨졌다거나, 갑부가 되거나 파산했다는 이야기는 록 음악사에 흔하다.

  👉'라이프(브)'의 백미는 즉흥연주에 있다. 공연의 피날레인 「더 로커The Rocker」에서, 그간 신 리지를 거쳐갔던 명 기타리스트들이 필

라이넛의 걸쭉한 목소리에 의해 무대로 한명씩 불려나와 애드리브 경연을 펼친다.

에릭 벨Eric Bell, 스콧 고햄Scott Gorham, 게리 무어Gary Moore, 브라이언 로버트슨Brian Robertson, 존 사이크스John Sykes, 스노이 화이트Snowy White 등이 차례로 나와 즉흥 솔로 연주를 하다가, 즉흥 합주로 넘어가 다 함께 불을 뿜어대는 순간은 내가 지금까지 들어봤던 어떤 음악에서도 발견할 수 없는 황홀한 흥분을 안겨준다.

❧홍분. 신 리지 편을 쓰면서 나는 이 낱말을 찾고 있었다.

❧'라이프(브)' 앨범에서밖에는 들을 수 없는 어떤 '홍분'이 존재한다면 누가 이 앨범을 잊어버릴 수 있겠는가.

「더 로커」는 '라이브 앤드 데인저러스Live and Dangerous'(1978) 앨범에도 들어 있지만 '라이프(브)'에서와 같은 즉흥연주나 홍분은 없다.

❧신 리지의 보컬이자 베이스이자 리더였던 필 라이넛Phil Lynott은 록 팬들이 잊지 못하는 아름다운 곡들을 남겼다. 「돈트 빌리브 어 워드Don't Believe a Word」「파리지엔느 워크웨이Parisienne Walkways」「스틸 인 러브 위드 유Still in Love with You」는 게리 무어의 곡으로 널리 알려졌지만 필 라이넛 원곡이다.

우수에 젖은 목소리로 느릿느릿 흘러나오는 필 라이넛의 노래는 늘 비에 젖은 (하지만 내가 한번도 가보지 못한) 더블린의 뒷골목을 떠올리게 한다.

  ~ '라이프(브)' 앨범이 밴드의 고별 공연 기록이고, 최후의 앨범이고, 그후 몇년 지나지 않아 필 라이넛이 사망했다는 사실을 생각해보면, 앨범 제목 '라이프(브)'가 예사롭지 않게 들린다.

  '라이프(브)'를 듣다보면, 삶이 곧 공연이고 공연 이상의 삶은 없었던 로커들의 정신 같은 것이 느껴진다. 세상에는 그런 삶을 사는 사람들이 있다. 우리는 그런 이를 두고 흔히 '불꽃같은 삶을 살았다'고 한다.

몽롱세계

닥터 노는 아이언 버터플라이의 음악을 좋아했다. 이 사이키
델릭 록 밴드가 1968년에 첫 앨범을 내고, 그가 태어나기도 전인
1976년에 마지막 정규 앨범을 내고 해산했다는 사실은 별문제가
되지 않았다. 미국 캘리포니아주 샌디에이고 출신이라는 사실도.
그가 일본 아마존에서 99000엔을 주고 아이언 버터플라이의 엘피
초반을 사들이는 것을 본 후배 닥터가 이렇게 말해도 그는 신경 쓰
지 않았다.

"뭐야, 벌써 중년 아재 티를 내는 거야? 늙었다고 애들이 놀려."

후배 닥터가 중년 아재라고, 마흔도 되기 전에 벌써 늙어버렸다
고 깎아내리는 동안에도 닥터 노는 태평할 수 있었다. 아이언 버터
플라이의 음악이 그를 그렇게 만들었다. 사이키델릭 사운드가 그를

몽롱세계로 끌고 들어갔고, 진료실에서조차 발 한쪽은 명상적이면서 환각적인 세계에 담그고 있게 했다. 그는 사이키델릭 록이 정신에 미치는 영향에 대해 숙고하곤 했다, 취향이라는 것을 가진 인간의 정신을 뒤흔들어놓는 그 음악적 깊이에 대해.

아이언 버터플라이는 물론이고 제퍼슨 에어플레인이나 벨벳 언더그라운드 같은 사이키델릭 록 음반을 틀어놓고 있으면, 닥터 노는 꼭 마리화나를 피우면 이런 기분이겠지, 하는 생각이 들었다.

닥터 노는 향정신성 약물이나 알코올성 음료는 손도 대지 않았다. 그는 그 대신 아이언 버터플라이의 두번째 앨범과 네번째 앨범을 엘피로도 구하고 시디로도 구하고 애플뮤직에서 파일로도 다운받았다. 엘피는 집에서 듣고 시디는 진료실과 차 안에서 듣고 파일은 산책하고 조깅할 때 들었다. 그는 그 강철 나비들이 날개를 펄럭이며 안내해 데려다주는 몽롱세계가 좋았다. 에스프레소를 투샷으로 마시고 나서 살짝 알딸딸해졌을 때 들으면 몽롱세계는 더 깊어졌다.

소문이 났다. 이제 닥터 노가 1960년대 구닥다리 음악을 듣는다는 사실을 모르는 사람은 병원에 없었다. 입원병동의 한 수간호사는 그를 일부러 찾아와서 "앞으로 병원을 이끌고 나가셔야 할 분이 감각이 너무 뒤떨어진 게 아니냐는 소문이 파다하다"고 걱정하기까지 했다.

"그럼 뭘 들어야 해요?"

닥터 노가 난감한 표정으로 물었다.

"참고로 저는 볼빨간사춘기를 들어요."

수간호사가 수줍게 말했다.

하지만 수간호사도 어쩐지 자신과 어울리지 않는 음악을 좋아하는 것만 같았다.

"허허."

닥터 노는 허허롭게 웃었다.

"모차르트를 좋아하면 18세기 오스트리아 제국의 백성이 되는 건가요?" 닥터 노는 자신의 새 농담이 마음에 들었다. "저한테는 덕 잉글이 모차르트나 다름없답니다."

그러면서 닥터 노는 바쁘다는 수간호사를 붙잡아놓고는, 무려 17분 5초나 되는 「인-아-가다-다-비다」를 들려줬다. 순수한 호의였다. 그는 그 좋은 몽롱세계를 그녀도 맛보게 해주고 싶었다. 반평생을 진료 차트라는 명료한 세계와 씨름하며 살아온 큰누님 같은 그녀가 어쩐지 애틋했던 것이다. 수간호사는 온몸을 비틀다 진땀까지 흘렸다.

이 일은 곧 소문이 났다. 병원이 아무리 크고 주차장이 넓고 빌딩이 넷씩이나 된다고 해도 소문이 퍼져나가는 데는 사흘도 걸리지 않았다.

"선배, 왜 그래?"

닥터 노가 중년 아재처럼 군다고 소문을 냈던 후배 닥터가, 사흘이 지난 뒤 점심시간에 스타벅스 아메리카노를 그란데 사이즈로 사들고 찾아왔다.

"선배가 박 간호사님을 막 대했어? 학대하고 그랬어?"

후배 닥터의 사뭇 진지한 표정과 말투를 대하면서 닥터 노는 또 허허롭게 웃었다.

"박 간호사님이 스트레스 상태인 거 같아서 함께 좋은 음악을 감상했을 뿐이야. 정신을 동여맨 고무줄도 좀 느슨하게 풀어놓을 때가 있어야지."

닥터 노는 너그러운 표정으로 고개를 끄덕였다.

"내가 지금까지 아이언 버터플라이나 제퍼슨 에어플레인의 음악을 모르고 지냈다면 오히려 그게 문제가 됐을 거라는 생각은 안 해봤니?"

후배 닥터는 무슨 말인지 이해하지 못한 얼굴이었다.

닥터 노는 결심을 굳힌 표정으로 자리에서 일어나 진료실 문을 잠갔다. 그러고는 놀란 눈을 한 후배를 똑바로 마주 보면서 데스크톱의 시디 트레이를 열고 아이언 버터플라이의 앨범을 밀어 넣고 재생했다.

박수 소리 끝에 키보드 전주가 이어지고 곧이어 덕 잉글의 두꺼운 목소리가 흘러나왔다. 「인-아-가다-다-비다」의 시원한 매력이 있는 라이브 버전이었다. 스튜디오 버전보다 약간 더 길고 더 지루한 19분짜리였다. 닥터 노는 진료실 벽에 걸린 아날로그 시계를 바라봤다. 지금부터 19분이면 후배의 남은 점심시간을 다 잡아먹고 겨우 양치질할 시간만 남겨놓게 될 것이다. 그는 이 라이브 버전의 기나긴 드럼 솔로 연주가 좋아서 미칠 지경이었다. 후배 닥터와 함께 듣는다면 더 황홀할 것이다. 후배도 사이키델릭 록이 자기 머리를 잡고 어질어질해질 때까지 5분 동안 골을 흔들어놓는 경험을 해보길 바랐다.

"1960년대에 이런 실험적인 사운드를 다 만들어내고 말이야, 안 그래?"

하지만 후배 닥터는 실험적인 사이키델릭 록 사운드에 익숙하지 않은 게 분명했다. 후배는 방탄소년단인가 엑소인가의 팬클럽 임원이었고 의사와 간호사들에게 굿즈를 팔기도 했다. 후배는 곧 온몸을 비틀기 시작했다.

"들어봐, 얘네가 록이라지만, 케이팝이 더 시끄러운 음악이라고. 케이팝을 견딜 수 있다면 얘네도 견딜 수 있어야 하지 않겠어? 얘네는 사운드에 여백이 있잖아. 케이팝이 얼마나 음표로 꽉 찬 음악인데. 아마 세상에서 가장 빽빽한 음악일 거야."

후배의 얼굴에는 부정하려는 의지가 가득했지만 입을 열지는 않았다. 이마가 진땀으로 번들거렸다.

어느새 닥터 노는 병원 내에서 악당으로 소문이 났다. 멋모르고 진료실로 찾아온 병원 동료들을 상대로 「인-아-가다-다-비다」 요법을 써먹곤 했던 것이다. 뭘 위한 요법인지는 알 수 없었지만 골이 흔들리는 것 같은 그 길고 몽롱한 음악을 19분이나 참고 들어줄 사람은 없었다.

어쩌다 「인-아-가다-다-비다」쯤은 잘 참아내는 목석들도 상대

아이언 버터플라이의 덕 잉글

했는데 그런 때도 방법은 있었다. 그런 목석에겐 마이크 올드필드의 25분짜리 「튜뷸러 벨스 파트 1」을 들려줬고, 그래도 별 반응이 없으면 23분 50초짜리 「튜뷸러 벨스 파트 2」까지 연속해서 들려줬다. 그쯤하면 금쪽같은 점심시간이 훌쩍 지나가기 때문에 반응이 없을 수가 없었다.

하지만 닥터 노의 요법이 언제나 결과를 이끌어내는 것만은 아니었다. 전혀 통할 것 같지 않은 상대도 있었다.

닥터 노는 창의 베니션 블라인드를 둘둘 말아 끝까지 올린 다음, 잠시 몸을 굽혀 창밖 풍경을 내다보다가 입을 뗐다.

"뭐가 보이나 말씀해보세요."

마님은 감았던 눈을 떠 닥터 노를 찬찬히 훑어보았다.

"선생님이요."

닥터 노는 손가락 하나를 조심스럽게 펴 창밖을 가리켰다. 창밖은 병원의 어린이 놀이터였다. 어린이 환자나 환자를 따라온 어린이들이 주로 그곳에서 시간을 보냈다.

"그러면 이제 창밖을 보시겠어요?"

마님이 스툴에서 몸을 일으키기가 수월치 않자 닥터 노가 다가가 그녀를 부축했다. 그녀의 목덜미에서 씁쓸한 오렌지 향 같은 것이 났다.

"놀이터가 보여요."

닥터 노는 더 말해보라는 식으로 마님과 눈을 맞추며 고개를 끄덕였다.

"미끄럼틀이 보여요. 왜 저리 촌스러운 색깔을 썼을까?" 마님은 고개를 갸웃했다. "벤치가 보이고, 벤치에 앉은 보모도 보이네요. 필리핀인이야. 보모로 왜 외국인을 써? 탈북인도 많은데. 그네도 보여요. 그네… 저건 뭐라고 하나요? 말처럼 탈 수 있는 거."

"말이요." 닥터 노가 답했다.

"음, 파라솔은 두개는 펴놓았고, 두개는 접어놓았네요."

닥터 노는 재촉하듯 더 큰 각도로 고개를 끄덕였다.

"저기 시소도 있잖아요." 마님은 손을 들어 검지로 유리창을 두드리는 시늉을 했다.

"다른 건요? 다른 건 더 안 보이세요?" 닥터 노가 말했다.

"뭘 시험하려는 거예요?" 마님은 경멸하는 눈빛으로 닥터 노를 바라보며 갑자기 미간을 찌푸렸다.

"아이들은, 아이들은 안 보이세요?" 닥터 노는 눈을 크게 뜨고 미간을 펼쳤다. 그가 진지하면서도 부드럽게 보이려고 할 때 짓는 표정이었다. "시소에 한 아이가 있고, 미끄럼틀에 둘. 바닥에 아이 셋."

사실 놀이터에서 놀고 있는 아이들의 수를 세는 일은 쉽지 않았다. 저쪽에서 파란색 패딩을 입은 아이를 셌는데, 어느새 이쪽을 달리고 있는 것도 같고 그래서 저쪽을 다시 보면 또다른 파란색 코트를 입은 아이가 뛰어놀고 있었다. 닥터 노는 아이를 돌본 경험이 없는 싱글 남성이었다.

다섯 아이 말고도 두 아이가 놀이터와 아파트 단지의 산울타리 사이를 들락날락하며 뜀박질을 하고 있었다. 새 학기가 시작됐지만

날은 아직 추워서 빨주노초파남보 원색이 화려한 패딩을 입고 있었다. 날이 흐렸고, 그래서 아이들은 더욱 잿빛 캔버스 위로 힘차게 뿌려진 살아 있는 물감 덩어리들 같았다.

아이들이 눈에 띄지 않으려야 않을 수가 없었다.

닥터 노는 마님이 아이들을 찾아낼 때까지 참을성 있게 기다렸다. 하지만 그녀는 날아가는 새를 쫓는 것처럼 놀이터의 엉뚱한 곳을 두리번거리고 있었다.

"자리에 앉으세요."

마님과 닥터 노는 자리로 돌아왔다. 이번에도 그녀를 부축해주어야 했다. 스툴은 나이 든 환자에겐 때론 불편한 의자일 수 있었다. 중심을 잃고 미끄러지는 경우도 간혹 있었다.

닥터 노는 컴퓨터 자판을 두드려 방금 진료한 내용을 적었다. 관찰한 마님의 행동을 열 문장으로 정리해 적고는 '선택적 시각 인지 활동'이라고 짧게 결론을 덧붙였다. 그는 고개를 돌려 마님을 쳐다보았다. 온화해 보이려고 다시 한번 표정을 다듬었다. 얼마 전까지만 해도 이 병원에 그녀를 똑바로 쳐다볼 수 있는 사람은 없었다.

"뭐가 더 남았나요?"

"아, 네, 한가지만 더 해볼까요?"

닥터 노는 데스크톱에 곰플레이어를 띄운 다음 미리 편집해둔 영화 「보이 후드」의 한 장면을 틀었다. 마님은 소리만 들으면 되었다. 그녀 쪽에서는 모니터를 볼 수 없었다.

「보이 후드」의 생일 파티 장면이었다. 아이들 넷이 트램펄린에서 뛰어놀다가 손님을 맞는다. 길지 않은 장면이었다. 어른 셋, 아이들 넷이 뒤엉켜 와자지껄 떠드는 5분짜리 영상이었다.

"들어보세요." 닥터 노가 말했다.

마님은 닥터 노의 컴퓨터 스피커가 있는 쪽으로 고개를 아주 살짝 뉘었다. 눈꺼풀을 뜨는 것을 보니 뭔가 들리는 모양이었다.

"뭘 들으셨나요?"

마님은 난감한 표정을 지었다. 듣긴 들었는데 딱히 표현할 어휘를 못 찾은 표정이었다. 그녀뿐 아니라 대부분의 사람들은 자신이 본 것, 자신이 들은 것을 제대로 묘사해내지 못한다. 평소에 그럴 일이 좀처럼 없기 때문에, 훈련이 되어 있지 않은 것이었다.

"다시 한번 들어보세요."

닥터 노는 편안한 미소를 지으며 스피커의 볼륨을 올리고 다시 영상을 반복 재생했다.

"뭘 들으셨죠?"

"삐꺽거리는 소리요."

트램펄린 얘기였다. 낡은 소품을 가져다 썼는지 소리가 요란했다.

"그러고요?"

"고맙다는 소리, 별일 없었냐고 묻는 소리… 장모님 선물은 압생트 술이라는 소리."

장면의 마지막 대사가 압생트 술에 대한 것이었다. 영상 없이 소리만 듣고 영어 대화 내용을 파악할 수 있는 걸 보니, 역시 마님의

언어능력엔 문제가 생기지 않은 모양이었다.

"다른 소리는 못 들으셨나요?"

닥터 노가 묻자 마님의 미간이 좀 전보다 더 크게 찌푸려졌다.

"뭘 알고 싶으신가요, 의사 선생."

마님의 목소리에 노기가 어렸다. 하지만 이제 화를 내도 닥터 노의 진료실을 뛰쳐나가는 것 말고는 딱히 할 수 있는 일이 없으리라.

"트램펄린이 저 혼자 소리를 냈을까요? 누군가 있지 않았을까요?" 닥터 노가 힌트를 주었다.

트램펄린 위엔 아이들 넷이 있었고, 트램펄린이 삐걱거리는 소리보다 더 요란하게 즐거운 비명을 질러대고 있었다.

마님은 곰곰 생각해보는 눈치였다. 그러곤 닥터 노를 바라보며 입을 다물었다.

"올리비아, 서맨사… 아이들이 있었어요." 닥터 노가 천천히 손가락으로 숫자를 꼽듯 말을 이었다. "메이슨이란 아이도. 플래카드 만들었단 얘기들을 하지요."

마님은 입을 다물고는 오래 닥터 노를 바라봤다.

"문이 열리는 소리는 들었어요." 마님이 흐려진 목소리로 입을 열었다.

마님의 표정은 처음엔 어리둥절하고, 그러다 이 상황을 의심스러워하고, 다음엔 화가 치밀고 그러다 슬픔에 젖은 표정까지 느린 물길처럼 변해갔다. 감정선이 풍부한 걸 보니 우울증은 아니겠다는 생각이 들었다.

닥터 노는 다시 자판을 두드려 마님을 관찰한 결과를 적고는 '선택적 청각 인지 활동'이라고 결론을 적어 넣었다. 마침표를 찍어야 하나 하는 문제가 닥터 노의 신경을 거슬렀다. 마침표는 서류를 보는 누구의 관심 사항도 아니기 때문에 찍든 말든 상관없었다. 마침표는 서류를 보는 모든 사람에게, 마침표를 프린트하느라 들어가는 잉크의 양만큼도 의미가 없었다.

하지만 닥터 노는 앞서 썼던 '선택적 시각 인지 활동.'에 마침표가 찍혔는지 확인하고는 커서를 움직여 마침표를 덧붙였다. 그 자신도 마침표의 의미와 가치를 충분히 납득하지 못했지만, 그는 손을 움직여 마침표를 찍었고 비로소 아주 얕게 한숨을 내쉬었다.

"됐습니다."

"됐다고요?"

"아직 결과는 말씀드리기 어렵습니다. 다른 의사들의 진료까지 다 끝나면, 그때 저희가 신중하게 논의를 해보고 주치의가 진단을 내릴 겁니다."

닥터 노는 마님을 안심시키려는 듯 고개를 끄덕였다. 그러곤 후딱 자리에서 일어나 스툴에서 불안정하게 엉덩이를 떼는 마님의 왼팔을 부축했다. 진료실 문을 열자 수행원이 들어와 그의 손에서 그녀를 넘겨받았다. 나가는 모습을 보니 등도 굽지 않았고 발을 끌지도 않았다.

닥터 노는 '마님'이라는 호칭부터가 마음에 들지 않았다. 사전에 없는 말은 아니었지만 요즘 시대에, 그것도 어떤 환자든 평등하게, 공평하게 대해야 하는 병원에서 쓸 말은 아닌 것 같았다. 그는 고령의 여성 환자를 대할 때면 '환자분'이나 '어머님'이라고 불렀다. 마님도 '환자분'이나 '어머님'이라고 불려야 했다. 아니면 '여사님' 정도가 적절해 보였다.

'마님'은 조선시대에나 쓰던 말이 아닐까. 병원에 입사한 지 얼마 되지 않아 아직 '마님'이 누군지 얼굴도 못 봤을 때, 닥터 노는 이 문제를 거론한 적이 있었다. 원장은 오전 전체회의 첫머리에서 돈암동 마님이 귀국했는데 건강 문제로 불안해하셔서 우리 병원에 일주일 정도 입원해 계실 거라고 전했다.

"마님이라뇨?" 닥터 노는 농을 하듯 말을 꺼냈다. "병원에서 무슨 조선시대 사극이라도 찍습니까?"

하지만 농을 할 상황은 아니었다. 회의실 분위기는 닥터 노의 발목까지 싸늘해지도록 가라앉았다.

"마님! 마님?" 원장이 좌중을 돌아보다가 닥터 노에게 눈길을 멈췄다. "이상해?"

"아…"

닥터 노는 뭔가 낌새를 눈치채고 입을 다물려고 했지만 뜻대로 되지 않았다. 그는 아직 젊었고 눈치를 보고 입을 다무는 게 그의 자존심에 치욕처럼 느껴졌다.

"그 말을 다른 환자들이 들으면 어떻게 생각하겠어요?"

원장은 잠시 닥터 노를 노려보다가 곧 저런 한심한 놈이 있나, 하는 표정을 짓고는 회의를 계속했다.

"그러면 다음 주 회의 때 다시 얘기해봅시다."

닥터 노는 진료실로 돌아와 오전 진료를 마치고 점심시간 내내 「인-아-가다-다-비다」를 들었다. 남들에겐 어떨지 몰라도 그에겐 치유효과가 있는 멋진 음악이었다. 그는 잠깐 나가 샐러드 도시락을 사왔고 다시 「인-아-가다-다-비다」의 실황 버전을 들었다. 몽롱세계에 자리한 아늑한 목욕탕에서 영혼을 씻는 기분이었다. 어느새 점심시간은 양치질할 시간만 남겨놓고 끝나 있었다.

금요일 점심시간에 선배 닥터가 찾아왔다. 선배는 걱정스럽다는 얼굴로 그를 바라보다가 마님 이야기를 꺼냈다. 알고 보니 원장이 마님의 주치의를 직접 맡고 있었다.

"야, 노." 선배 닥터가 다정한 목소리로 불렀다. "서른도 되지 않은 나이에, 가장 긴 경력이 군의관인 너한테 과장이라는 직급을 달아준 게 누구겠어, 응?"

닥터 노는 입을 다물었다.

"이 병원이고 원장님이고 나 아냐? 이 병원 간판이 내려가지 않게 봐주는 분이 누구겠어?"

선배 닥터가 알지? 하는 귀여운 표정으로 닥터 노를 봤다.

"누군지 생각해봐, 머리만큼 눈치도 좋아야지."

닥터 노는 생각해봤다. 하지만 뭘 생각해야 할지 몰랐다. 자신이 일찍 과장을 단 사실에 대해? 마님이라는 호칭을 쓰는 것에 대해? 병원의 뒤를 봐주는 재력가에 대해? 세도가에 대해? 마님을 마님으로 모시는 데 계속 삐딱하게 나가는 일에 대해?

닥터 노는 계속 생각하는 표정으로 데스크톱의 시디 트레이에 「인-아-가다-다-비다」 시디를 밀어 넣고 재생시켰다. 그러고는 졸린 눈으로 선배 닥터를 물끄럼물끄럼 바라보았다.

잠시 후 선배 닥터는 몸을 비틀다 더는 못 참고 진료실을 나갔다. 선배는 바이올리니스트 야샤 하이페츠의 광팬이었다.

다음 주 오전 전체회의 때에도 '마님' 소리가 나왔다. 닥터 노는 선배 닥터의 충고도 있었고 해서 입을 다물었다.

원장은 안건을 차례로 진행하며 이따금 한번씩 닥터 노를 흘겨봤다. 원장의 시선에는 아무런 감정도 실려 있지 않았다. 마님의 호칭 문제는 거론되지 않았다. 어느 누구도 호칭에 대해 말을 꺼내지 않았다.

"마님이 글피면 병원을 찾을 겁니다."

원장이 말했다.

"일단 감기 환자나 폐렴 환자는 빠짐없이 퇴원시키세요. 마님 지시 사항입니다."

그 말이 뭘 뜻하는지 모르는 사람은 없었다. 의사는 물론이고 수간호사들까지 못 알아들은 사람은 없었다. 하지만 닥터 노를 제외하고는 공개적으로 입을 여는 사람은 없었다. 닥터 노는 입을 열었다.

"왜요?"

닥터 노의 말에 분위기가 또 발목까지 가라앉았다.

"퇴원 지시를 왜 병원 외부 사람이 합니까?"

원장은 어항 속을 들여다보는 어린아이처럼 닥터 노를 한참이나 쳐다보았다.

"자, 그럼." 원장이 노트를 덮고 만년필 뚜껑을 덮어 가운 윗주머니에 꽂고는 말했다. "퇴원 서둘러주시고요, 그사이에라도 새로운 환자 들어오지 않도록 해주세요."

회의가 끝나고 진료실로 돌아왔을 때 선배 닥터도 같이 따라 들어왔다. 선배 닥터와는 의대 시절까지 거의 10년을 함께해온 인연이었다.

선배는 버럭 소리를 지르고는 멱살을 잡았다. "이 개념도 모르는 새끼가. 네가 그 나이에 과장 명찰을 단 게 누구 덕인 줄 알아?" 선배가 닥터 노의 정강이를 걷어차고 쓰러지려는 그를 일으켰다. "다 마님 덕이야, 새끼야. 나도 너도 다 마님 덕에 사는 머슴이라고, 알아들어? 좆같은 머슴 새끼."

선배 닥터는 잡아먹을 듯이 얼굴을 들이댔다. 평소 같으면 상황을 진정시키기 위해 「인-아-가다-다-비다」 시디를 틀었겠지만, 닥터 노는 정강이가 너무 아팠고 멱살이 잡혀 꼼짝달싹도 할 수 없는 상황이었다.

"이러고 여길 나가면 다른 병원서 자리를 잡을 수 있을 것 같아? 외국에나 가야 널 의사로 써줄 거다. 넌 국외추방이 옛날에나 있었을 것 같지? 국외추방은 지금이 더 쉬워, 새끼야. 사표 써봐, 넌 국내에선 치킨집이나 할 수 있을 거다."

다음날 하루 동안 병원에 입원해 있던 감기와 폐렴 환자들은 모

두 쫓겨났고, 그다음 날은 소독을 맡은 용역업체에서 떼로 몰려와
병원 전체를 소독했다. 전체 과정을 마님의 비서라는 사람이 와서
감독했다. 비서는 지난주에 와서 미리 찍어놓은 일인용 입원실을
들락거리며 샤워기와 변기를 새것으로 교체하는 작업을 챙겼다.

그러고 나서 마님이 입원했고, 닥터 노는 언젠가 딱 한번 공중파
8시 뉴스에서 본 마님의 얼굴을 그때 처음 실물로 보게 되었다.

그게 벌써 1년 전 일이었다. 마님은 퇴원은 했지만 때때로 통원
치료를 받고 있었고, 닥터 노는 그것도 불만이었다. 도무지 무슨 치
료를 하고 있는지 알 수가 없었던 것이다. 그는 마님의 차트를 열어
몇줄 되지도 않는 진료 내용을 감정 없이 들여다봤다. 내일 회의에
서 그 문제를 꺼내볼 생각이었다.

닥터 노는 회의에서 마님이 아프지 않다고 말할 작정이었다. "그
환자분은 아프지 않아요, 아프지 않다니까요." 그렇게 운을 떼고 원
장이 반론을 제기하면 이런 진단을 덧붙일 생각이었다.

"그 환자분은 그냥, 보고 싶지 않은 것은 보려고 하지 않을 뿐이
고 듣고 싶지 않은 것은 들으려 하지 않을 뿐이라고요."

"마님 소리를 빼버리면 다들 또 눈을 부릅뜨겠지."

닥터 노는 혼자 중얼거렸다. 「인-아-가다-다-비다」가 리드미컬
하게 진료실 사방 벽에 튕기고 또 튕기는 것이 느껴졌다. 손도 대지
않은 샐러드 도시락에서 시큼한 냄새가 올라왔다.

"보고 싶지 않은 건 안 볼 자유, 듣고 싶지 않은 건 안 들을 자유,

이런 걸 인정해주자고요. 병이라고 부르지 말고."

닥터 노는 이번엔「튜뷸러 벨스」시디를 트레이에 올렸다. 이 좋은 음악을 왜 다들 못 견뎌 하는지 알 수가 없었다. 샐러드로는 장을 씻어내고「인-아-가다-다-비다」나「튜뷸러 벨스」로는 영혼을 씻어내는 거다.

"혼잣말을 하는 걸 보니 나도 슬슬 미쳐가는 모양이네."

닥터 노는 쓸쓸한 고립감을 느끼며 중얼거렸다. 그가 알기로 마이크 올드필드는「튜뷸러 벨스」를 녹음하며 20여가지 악기를 거의 혼자 연주해냈고 오버더빙을 이삼백번이나 했다. 혼자서 48분 50초나 되는 몽롱세계를 제작했다.

국외추방은 그리 나쁜 게 아닐 수도 있었다. 외국에 나가 살면 그 대단한 마이크 올드필드나 재결합한 아이언 버터플라이의 공연을 눈앞에서 볼 기회가 생길지도 몰랐다. 닥터 노가 그토록 소원했던, 현실로 구현된 몽롱세계를 코앞에서 만끽할 수도 있다.

"환자분이 계실 곳은 우리 병원이 아니라 명상 시설이나 종교 시설이 아닐까요?"

닥터 노는 '노'라고 말하는 법을 잊어버린 삶이, 어떻게 진정한 삶일 수 있는지 잠깐 생각해보았다.

"그런 곳에 가셔서 마음을 편안히 하시고, 어째서 그리도 보고 싶지 않은지, 그리도 듣고 싶지 않은지 명상을 해보시라고 해야 하지 않을까요?「인-아-가다-다-비다」를 들으면서."

닥터 노는 자리에서 일어나 1분쯤 진료실을 서성였다. 그러고는 다시 자리에 앉아 내일 오전 전체회의 때 탁자에 올려놓을 사직서를 준비했다. 그냥 못 본 척하고 지나가면 될 일이었다. 그냥 못 들은 척 지나가면 될 일이었다. 다른 거대한 불의들에 비하면 대단한 불의도 아니었다. 마님의 입원을 위해 다른 환자들을 내쫓는 일쯤은 불의라고도 할 수 없었다. 마님과 그 패거리는 자신들의 정당하고도 합법적인 권리라고 여길 것이고 그 생각을 절대로 바꾸지 않을 것이다. 한국사회에서 10년만 살아보면 어떤 불의는 차라리 수줍은 정의처럼 느껴질 수도 있다.

우선 닥터 노 자신이 그리 인격자가 아니었다. 그는 병원이 이러면 안 된다고 몇문장을 또박또박 썼다가 슬쩍 지워버렸다.

닥터 노는 사직서의 끝에 사인까지 하고 마침표를 확실히 찍은 다음 봉투에 넣고, 겉면에 사직서라고 또 한번 또박또박 적었다. 그는 잠시 회의실에 붐박스를 들고 들어가 볼륨을 높이고 「인-아-가다-다-비다」를 틀어주는 상상을 하고는 바보 같은 미소를 흘렸다.

어쩌면 마님은 「인-아-가다-다-비다」나 「튜뷸러 벨스」를 아주 잘 참고 들을 수 있는 사람일 수 있겠다는 생각이 들었다. 마님은 이미 한발을 몽롱세계에 걸치고 있는 사람이고 그런 점에서 그와 비슷했다. 둘 모두 몽롱세계에 살고 있는지도 몰랐다.

Iron Butterfly, In-A-Gadda-Da-Vida, 1968

―

〰️내가 대학을 다니던 1990년대만 해도 아직 DJ부스가 있는 음악다방들이 서울 시내에 남아 있었다(스타벅스 같은 커피 체인은 아직 없었고, 카페도 드문 때였다). 그런 음악다방의 DJ들에게 가장 사랑받던 노래 중 하나가 아이언 버터플라이의 「인-아-가다-다-비다」였다.

곡이 워낙 길어 볼일을 보느라 DJ부스를 비울 때 요긴하게 쓰였을 것이다.

〰️「인-아-가다-다-비다」가 사랑받은 이유가 궁금하다면 라디오용으로 편집된 3분짜리보다는 17분짜리 원곡을 들어보자.

이 대작은 어째서 아이언 버터플라이가 사이키델릭 록 사운드의 정점으로 불리는지, 사이키델릭 록 사운드는 또 무엇인지, 사이키델릭 록이 어떻게 청중의 정신을 뒤흔들고 최면 상태로 이끌었는지 느끼게 해준다.

아이언 버터플라이는 호크윈드와 함께, 파괴적인 헤비 리프를 록에 적극적으로 도입해 1980년대 헤비메탈의 형성에 많은 영감을 주었다.

아이언 버터플라이의 멤버들은 당시의 많은 로커들이 그랬듯이 히피 문화의 힙스터들이었다. 리더 덕 잉글Doug Ingle은 '아이언 버터플라이'라는 이름에 도교의 선적인 의미가 담겨 있다고 밝혔다. 「인-아-가다-다-비다」는 '에덴의 동산 혹은 생명의 동산'의 뜻이라고.
살아서 에덴의 동산에 입장하려면, 최면이 길을 터주고 환각이 이끌어줘야 한다. 아이언 버터플라이는 1971년에 해체된다. 전위는 생명이 짧다.

아프로디테의
못생긴 아이들

오르가니스트 반젤리스는 오늘 할 일이 없다. 실은 몇주 전부터 할 일이 없었지만 그래도 괜찮았다. 사실을 말하면 몇년 전부터 그는 쭉 별로 할 일이 없었다.

할 일이 없는 반젤리스는 하루를 산책으로 연다.

반젤리스는 아침 산책길에 오랜 친구들을 마주치면 웃으며 손을 흔든다. 친구들 대개는 푸념쟁이들이다.

보컬리스트 데미스도 푸념쟁이다. 그는 아침부터 분식집 라면의 짠 국물을 홀쩍이고 있다. 그의 목청은 나이가 들면서 걸쭉하고 탁하게 삭아버렸다. 그는 풍화된 성대를 슬퍼하며 자기는 카세트테이프의 운명을 타고났다고 구시렁댄다. (카세트테이프는 폴리에스테

르로 만든 얇은 테이프 위에 자성을 띤 산화철을 입혀, 자기 형태로 변환된 음악을 녹음하고 재생할 수 있게 한 지난 시대의 유물이다.)

"뭐랄까. 산화철이 삭아서 떨어져나간 테이프처럼 목소리에 암전이 생겼다니까. 목소리가 안 들리고 자꾸 씹히고 말려들어가고⋯"

데미스는 한때 이 거리에서 최고 품질의 보컬이었다. 그가 배를 쭉 내밀고 쨍그랑거리는 목소리를 한껏 끌어올릴 때는 하늘의 황사가 한꺼풀 벗겨지는 것 같았다. 카세트테이프라니, 안 될 일이다.

"친구, 라면이나 먹고 가."

하지만 지금 반젤리스를 부르는 데미스의 목소리는, 세월에 좀 먹어 여기저기 소리의 공백이 생긴 「남자가 여자를 사랑할 때」 카세트테이프 같다. 사랑을 고백하려는 결정적인 순간마다 소리가 안 나온다.

반젤리스는 데미스에게 손을 흔들어주고 다시 거리를 조금 걷다가 전파상 앞에 멈춰 선다. 이제는 더이상 어떻게 고쳐볼 수도 없는 브라운관 텔레비전들과 고쳐봤자 가져가지도 않는 아날로그 튜너들이 층층이 쌓여 있다.

드러머 루커스가 빈티지 스피커 너머에서 손을 위아래로 흔들고 있다.

"어이, 친구. 상태 좋은 마란츠 튜너가 들어왔는데 볼래?"

루커스는 고장 난 복고양이 마네키네코처럼 손 흔들기를 멈추지 않는다. 친구들은 신호를 구별할 줄 안다. 머뭇거리는 손님을 부를 때는 오른손을 흔들고, 통장의 잔고가 떨어져갈 때는 왼손을 흔든다.

하지만 21세기 전파상의 삶이란 무참해서, 어느 쪽 손을 흔들든 원하는 바는 쉽사리 얻어지지 않는다. 반젤리스만 해도 마란츠 튜너를 가져갈 생각이 없다. (튜너는 주파수를 일일이 조절해가며 라디오 방송국에서 보내는 전파를 수신하는 옛날 기계장치다.)

"너마저 휴대전화로 라디오를 듣는 거냐, 배신자 같으니라고."

루커스가 누군가를 배신자!라고 부를 때는 꼭 고대 로마의 꼰대 같다. 브루투스여, 너마저! 하고 죽어 넘어진 카이사르.

반젤리스와 루커스는 스쿨밴드를 결성했던 시절부터, 엘피반을 바꿔서 듣고 인기 차트를 작성해 방송국에 엽서를 보내고 공테이프에 좋아하는 음악을 녹음해 선물하던 사이였다.

루커스는 특히 새 엘피반의 포장을 벗기는 순간의 느낌을 좋아했다. 포장을 뜯는 동시에 변태처럼 코를 박고 그 알싸한 휘발성 냄새를 킁킁대곤 했다. (엘피반을 설명하자면 둥글넓적하고 까만 비닐판에 음구를 파서 소리의 진동파형을 기록해놓은 아날로그 시대의 유물이다. 음구 위로 레코드플레이어의 미세한 바늘을 달리게 해서 소리를 재생한다. 레코드플레이어는 흔히 턴테이블이라고 한다.)

루커스는 레코드점에서 공을 들여 엘피반을 고르고, 포장을 뜯고 냄새를 맡고, 전영혁이나 성시완 씨가 쓴 해설지를 꼼꼼히 읽으면서, 턴테이블에 묵직한 엘피반을 올려놓을 때의 추억을 상기시키려 애쓴다. 추억은 물론 아름답다. 하지만 친구여, 우리 시대는 거추

장스럽고 불필요한 동작을 거부한다! 반젤리스는 전파상 창밖에 서서 중얼거린다, 카이사르여, 디지털 세상과 싸워 이기려 하지 말라.

반젤리스는 다시 거리를 걷는다. 싸전 앞에서 싸전 집 딸내미가 이끄는 밴드가 사이먼 앤드 가펑클을 연주하고 있다.

싸전은 진즉에 문을 닫았다. 친구의 부모님이 근처 식당가와 주택가에 쌀이며 잡곡을 팔아 운영했는데 식당가는 망했고 주택가는 반이 빈집이 되었다. 내 친구의 딸내미는 10년째 휴업 중인 싸전 앞에서 기타를 튕기며, 이미 존재하지 않는 세상의 다리를 그리워한다. 오지 않을 4월의 연인을 애타게 부르고, 콘도르는 날아가서 돌아오지 않는다고 푸념한다.

반젤리스는 친구 딸내미가 떠돌이 로커가 되겠다며 했던 말을 기억했다.

"아저씨, 메인 스트림은 지긋지긋해요, 저는 영원한 아웃사이더로 남을 거예요!"

그때 반젤리스는 버스킹 밴드는 어떤 메인 스트림을 연주해도 비주류 괴짜 음악처럼 들릴 테니 걱정 말라고 했다. 과연 친구 딸내미의 밴드는 사이먼 앤드 가펑클의 히트곡들을 연주하면서도 SM 엔터테인먼트의 녹음실에서 방금 쫓겨난 무명 밴드처럼 비명을 지르고 발을 구르고 있다.

반젤리스는 친구 딸내미의 기타 케이스에 점심 값을 내려놓고는 다시 걷는다.

반젤리스는 거리에 하나밖에 남지 않은 사진관 앞에 멈춰 선다. 유리를 끼운 양판문이 열리고 기타리스트 실버가 얼굴을 내민다.

실버의 사진관은 양판문 때문에 한때 「8월의 크리스마스」의 촬영지로 섭외되기도 했다(「8월의 크리스마스」는 1998년에 개봉한, 심은하, 한석규 주연의 추억의 영화다). 하지만 다들 알다시피 촬영은 다른 곳에서 이뤄졌고, 미련을 버리지 못한 그는 양판문을 오늘날까지도 방치해두고 있다. 양판문은 나무틀이 틀어져서 여닫을 때마다 듣기 싫은 소리를 내고 유리창이 덜컥거린다.

실버는 밴드 시절 노랫말을 썼다. 반젤리스는 실버가 처음 끼적거렸던 노랫말을 아직도 기억했다. 「집 밖으로」였다.

"나는 나갈 거야~ 정말 나갈 거야~ (우우, 집 밖으로)

우리는 나갈 거야~ 정말 나갈 거야~ (우우, 세상 밖으로)

정말이야, 정말~ (정말이라니까)."

하지만 노래를 들은 부모들 누구도 반젤리스와 친구들의 진정성을 신뢰하지 않았다. 부모들은 틀리지 않았다. 부모들은 틀려도 언제나 옳다. 실버, 데미스, 루커스, 반젤리스 모두가 쉰살이 다 되도록 이 거리를 떠나지 않고 있다.

"친구야, 우리가 그래도 한세상 잘 살았지 뭐냐."

루커스가 위무하듯 말을 건넨다. 하지만 반젤리스는 슬픈 생각에 고개를 사선으로 내리 저었다.

"동창 철수 아냐? 걔가 땅을 보러 내려왔었는데 부부가 다 교수잖아. 헬리콥터를 타고 제주도 관광을 다닌단다."

"철수 걔는 기껏해야 웸이나 듣고 그랬던 애 아냐? 우리가 늘 꺼지라고 했지."

"영희 기억나냐? 걔는 시카고에서 변호사 사무실을 개업했다더라. 그 나이에 대단해."

"뭐야, 걔는 핑클이니 룰라니 그런 거에 미쳤던 애 아냐? 그딴 건 돈 주고 들으라고 해도 안 들었지…"

하지만 그런 푸념은 더이상 의미가 없다. 철수와 영희가 웸이나 룰라 따위를 들을 때, 반젤리스와 친구들은 우아한 아트 록 스쿨밴드를 결성해 우월감을 만끽할 수 있었다. 그렇지만 그건 그때 얘기였다. 살아보니 팝을 듣느냐 아트 록을 듣느냐의 차이로는 결코 삶을 규정할 수 없었다. 그런 차이 정도로는 삶은커녕 아무것도 규정할 수 없다.

밴드까지 오래전에 사라졌다. 반젤리스는 신시사이저를 팔아먹었고 코드도 다 잊었고, 루커스는 배가 너무 나와 드럼세트 앞에 앉을 수도 없고, 실버는 허리 디스크가 심해 무거운 전기기타는 멜 수도 없고, 데미스는 나이가 들자 목소리가 탁해졌고 때때로 나오지 않기도 한다. 그들은 로커라기보다는 푸념이나 늘어놓는 환자들이다.

반젤리스와 친구들은 이제 누구 앞에서도 "너희는 듀란 듀란을 듣지, 우리는 '아프로디테스 차일드'를 직접 연주해" 하고 지껄일 수가 없다. '아프로디테스 차일드'는 1960~70년대에 활동했던 그리스의 아트 록 밴드였다. 그리스라니, 당시 이 소읍에서는 꿈속의 나라나 마찬가지였다.

그렇다, 반젤리스와 친구들이 결성했던 밴드가 '아프로디테스 차일드'의 트리뷰트 밴드였다.

멤버 별명도 '아프로디테스 차일드'의 멤버들을 따라 반젤리스, 데미스, 루커스, 실버로 정했다. 반젤리스는 진심으로 오르가니스트 반젤리스처럼 되고 싶었다.

'아프로디테스 차일드' 트리뷰트 밴드의 멤버들은, 장롱을 뒤져 자기 아버지가 결혼식 때 입었던 치수가 맞지 않는 정장을 꺼내 걸치고 이 소읍의 거리를 몰려다녔다.

반젤리스는 실버의 어깨를 툭툭 두드려주고는 다시 거리를 걷기 시작한다. 그의 눈에도 거리는 쓸모없어진 물건투성이였다. 솜이불을 팔기도 하고 솜을 틀어주기도 하던 이불집이 거리 끝에 있었다. 그가 태어나 자란 집이었다. 하지만 이불집은 예전에 문을 닫았고 팔리지도 않아 그가 15년째 열쇠를 보관해오고 있다.

반젤리스는 거리 끝 이불집에 이르러 걸음을 멈춘다. 이제는 더 돌아볼 거리도 없다. 그래서 그는 가까스로 정직해졌다. 그는 매 산책 때마다 그랬듯이 다시 한번 사실을 차분히 받아들였다. 그들이 했던 음악이란 그저 솜 트는 기계가 내는 소음이나 마찬가지였다는 사실을.

데미스는 지저분하게 갈라지는 목소리로 악을 썼고, 실버는 외

118

반젤리스와 아프로디테스 차일드

우는 코드가 네개밖에 없어서 기타의 지판을 더듬느라 늘 박자를 놓쳤다. 루커스는 강약 조절을 못해 리듬을 망쳤고… 반젤리스는 음치였다.

철수와 영희가 합주실에서 반젤리스와 친구들의 연주를 들었다면 크게 실망하고 웸과 핑클을 두배는 더 사랑했을 것이다. 그들은 정신이 나간 것처럼 악기를 두드렸지만 그들의 연주가 하모니를 이룬 순간은 없었다.

그들은 '아프로디테스 차일드'가 아니라 '아프로디테의 못생긴 아이들'이었다. 그래도 반젤리스와 친구들은 길들여지지 않은 반항의 로큰롤을 하고 있다고 스스로를 속이곤 했다.

반젤리스는 뒤돌아 산책길을 거슬러 올라가기 시작한다. 그러면서 아프로디테의 못생기고 늙은 친구들에게 거듭 손을 흔든다.

반젤리스는 브런치 카페에 들러 상쾌한 오전 산책을 마무리한다. 브런치 카페는 이 거리에 어쩌다 흘러들어온 단 하나의 21세기 신문물이다.

"안녕하세요, 백민석 님? 오늘은 어떤 음악에 끌리시나요?"

반젤리스는 금전등록기 너머에서 얼굴을 내민 카페 보이에게 미소를 지어 보이고는 진열대를 살핀다.

"납작한 음악을 드릴까요? 아니면 두툼하고 길쭉한 음악으로?"

반젤리스는 귀퉁이가 갈색으로 그을린 노릇노릇한 음악을 가리킨다.

"네, 납작한 음악을 선택하셨습니다. 방금 주방에서 내와서 아주 촉촉하고 달달한 향으로 가득하지요."

반젤리스는 납작한 음악이 오늘 같은 날씨에 꽤 적절한 선택이라고 생각한다.

"시럽은요? 제주산 유채 꿀이 들어왔고, 새벽에 맞난 수제 살구 잼을 만들었어요."

"나는 꿀이 좋아요."

"꿀이라니, 정말 이 거리 최고의 취향이십니다."

반젤리스는 납작한 음악을 손에 받아들고 거리로 나선다. 달콤한 유채 꿀 향기가, 납작한 음악을 감싼 종이에 점점이 젖어든다.

Aphrodite's Child, 666, 1972

—

✎아프로디테스 차일드는 우리나라에서 「레인 앤드 티어스Rain and Tears」「스프링, 섬머, 윈터 앤드 폴Spring, Summer, Winter and Fall」로 유명하다. 비브라토를 주로 쓰는 데미스 루소스Demis Roussos의 고음 보컬이, 반젤리스Vangelis의 영롱한 오르간 연주에 실려 좀처럼 잊기 힘든 인상적인 멜로디를 엮어낸다.

✎아프로디테스 차일드는 그리스 출신의 아트 록 밴드다. 첫 앨범을 그리스에서 냈고 세 멤버 모두 그리스인이다(결성했을 땐 세 명이었다가 '666'을 완성할 땐 네명이 된다).

'아프로디테'가 그리스 신화에서 미의 여신인 점을 생각하면 밴드명의 의미는 두가지다. '미의 여신의 아이들', 더불어 '우리는 고대 그리스인의 후손'.

༒미의 여신을 내세웠다고 미적 가치가 있는 작품이 나올 리 없
지만, 아프로디테스 차일드의 '666'은 정말로 미의 여신의 후손 같
은 음악을 들려준다.

74분에 달하는 두장짜리 앨범인 '666'은 성경 「요한계시록」을 주
제로 한 콘셉트 앨범이다. 짧게는 23초, 길게는 19분 27초에 달하는
24곡이 드라마틱한 구성을 이룬다. 세계의 붕괴에 대한 성경의 이
야기들이, 네 그리스 로커들의 히스테릭한 전위적인 연주로 번안되
어 쉼 없이 펼쳐진다.

༒'666'의 부제는 「요한계시록」 13장 18절인데, 옮기면 이렇다.
"지혜가 여기 있으니 총명 있는 자는 그 짐승의 수를 세어보라. 그
수는 사람의 수니 육백육십육이니라."

༒아프로디테스 차일드의 음악을 귀로만 듣다가 당시 공연 사진
이나 영상을 찾아보면 그 무대의 소박함에 충격을 받게 된다. 귀로
듣는 극적인 화려함과 무대 비주얼의 간극은 믿기 어려울 정도다.

라이선스 앨범에 실린 사진을 보면, 무대 가운데 파란 재킷에 흰
바지를 입은 데미스 루소스가 베이스를 연주하며 노래를 부르고
있고, 왼편에선 검은 정장 차림의 반젤리스가 전자오르간을, 오른
편에선 루커스 시데라스Lucas Sideras가 검은 셔츠에 조끼를 걸치고는

드럼을 치고 있다. 루커스의 드럼세트는 구성이 워낙 간소해 주니어용처럼 보인다.

✎하지만 이것이 대체로 당시 아트 록 밴드들의 모습이었다. 아트 록은 눈이 아니라 귀를 즐겁게 하기 위해 연주되었고, 음악 외적인 것엔 그다지 신경 쓰지 않았다. 어떻게 저런 소박한 장비와 쇼맨십으로 그처럼 찬란한 음악적 유산을 남겨놓을 수 있었는지 때로는 불가사의할 정도다.

✎어떤 록 음악이 예술로 불릴 수 있는지 궁금하다면 '666'을 들어보는 것이 좋다. '666'은 전무후무하다.

반젤리스는 밴드 해체 이후 솔로 활동을 하며 전위적인 프로그레시브 전자음악을 계속하지만 그의 어떤 앨범도 '666'과 같은 비타협적인 히스테릭한 전위성은 갖고 있지 않다. 그러긴 데미스 루소스도 마찬가지였다. 비교적 어둡고 장대한 곡들을 썼던 리하르트 슈트라우스나 아널드 쇤베르크가 살아 돌아와 전위적인 교향곡을 작곡한다면 '666'과 비슷한 음반이 나오지 않을까.

✎아프로디테스 차일드의 '666'은 어떤 록 음악과도 다른 독창성으로 빛나고, 시대를 앞서 나간 전위적인 사운드를 들려줬다. 그러면서도 음악적 아름다움에 대한 추구를 잊지 않았다.

'666'은 그렇게, 록의 역사에서 드물게 예술이 되었다.

거짓말하는 방

우리 집에 방이 몇개 있게요? 엄마 아빠가 쓰는 침실이 있고(이건 제일 큰 방이에요), 저와 동생이 쓰는 작은방이 하나가 있고(이건 두번째로 커요), 세번째로 큰 방은 손님방이에요. 가끔 엄마 아빠가 친구를 데려오거든요. 술에 취해서 잘 데가 없다니 불쌍하지 뭐예요. …제일 작은 방은 옷방인데 엄마 아빠 옷을 넣어두는 방이에요. 가끔 우리 옷을 못 찾으면 옷방에 가서 찾아요. …세탁실도 있어요. 동생이 잘 넘어져서 진흙을 묻혀 오면 엄마가 세탁실로 데려가서 빨가벗겨요(동생이 참 바보 같아요). 남쪽 베란다에서는 엄마 아빠가 화분을 키워요. 아, 화분이 아니라 꽃나무를 키우는 거라고요? …동쪽 베란다는 동생과 저의 놀이방이에요. 거실도 있어요(아빠는 클래식을 좋아하시고 엄마는 영화를 좋아해서 거실이 비

126

어 있을 때가 거의 없어요). 화장실도 두개 있는데 거실 화장실에는 어렸을 때 우리 둘이 물장구치고 놀던 커다란 욕조가 있어요. …우리 집 정말 방 많죠? 그런데 우리 단지에 있는 아파트들은 다 우리 집처럼 방이 많대요.

그런 걸 물어보면 어떡해요. 엄마요? 엄마가 그랬어요? 아이참 우리한테는 입 꼭 다물라고 해놓고. 아니, 아니에요, 엄마가 어른이 뭐 물어보시면 공손히 대답하라고 했으니까… 방이 하나 더 있어요. 우리 가족만 사용하는 방이에요. 네, 우리 가족만 들어갈 수 있어요.

뭐, 특별한 건 없어요. 침대가 있어요. 아아, 그리고 공중전화 거는 빨간 박스가 있어요. 맞아요, 부스요. …헤헤, 방에 정말 부스가 있는 게 아니라 옷장에 공중전화 부스가 그려져 있는 거예요. 테두리를 빨간 페인트로 칠했어요. 그래서 옷을 고르면서 전화놀이도 할 수 있어요. 옷장엔 제가 고등학생이 돼서 입을 만한 옷이 가득하거든요. …옷장 안으로 머리를 집어넣고 수화기를 들고 물어보는 거예요. 고등학생이 되면 무슨 옷을 입고 싶으냐고요. 제 마음에게 공중전화로 물어보는 거예요. 고등학교에 들어가 처음 카페에 갈 때 어떤 블라우스를 입고 어떤 가방을 들고 갈래…

책장엔 마트료시카 인형이 있어요. 예쁜데 무서워요. 인형 안에 딴 인형이 있고 그 안에 또 딴 인형이 있고… 아빠가 "너희가 나란히 서 있으면 마트료시카 인형 같았지"라고 했던 게 기억나요. "너희 엄마까지 넷일 땐 더 했어, 일단 다 여자니까." …언제 엄마가 그

퀼른 콘서트, 키스 재럿

말을 듣고 사정없이 울어서 아빠는 더이상 마트료시카 인형이랑 우리가 닮았다는 얘긴 꺼내지 않아요.

또… 빨래집게 바구니가 창틀에 있어요. 엄마가 빨래를 널고 잊어버렸겠죠. 이제 그 창문은 만날 닫혀 있어요.

아빠는 가끔 블루투스 헤드폰을 끼고 그 방에 들어가요. 뭘 듣는지 전 알아요. 거실 턴테이블에서 엘피가 돌아가고 있거든요. …아 이참, 중학생인 제가 엘피가 뭔지 설명해드려야 해요? 힙스터들의 잇템! 아빠는 '퀼른 콘서트'라는 엘피를 턴테이블에 올려놓고, (재킷을 보면 새하얀 바탕에 콧수염 난 아저씨가 고개를 푹 수그리고 있어요) 그 방에 들어가 블루투스 헤드폰으로 음악을 들어요.

키스 재럿! 맞아요, 노래는 안 부르고 피아노만 치는 아저씨… 음, 노래는 안 부르지만 아저씨 목소리는 들려요. 한숨 쉬는 소리, 콧수염 난 키스 재럿 아저씨가 쉬는. '퀼른 콘서트'는 정말 한숨으로 가득한 엘피예요. 한숨의 무게가 정말 굉장해요. 듣고 있기도 힘들 만치 무거워요. 그런데도 아빠가 좋아하는 걸 보면 놀랍죠? 어른이란… 아빠가 '퀼른 콘서트'에 대해 얘기한 적이 있었는데, 피아노의 선율과 인간의 한숨만으로 이뤄낸 세상에서 가장 아름다운 앙상블이래요.

엄마도 가끔 그 방을 이용하고 동생도 그 방을 이용해요. 무슨 용무냐고요? 흠… 각자 다른 용무죠. 다 달라요. 우리끼리 얘기하다가 갑자기 "잠깐, 기다려!" 하고 그 방으로 달려가요. ("잠깐, 기다려!" 하면 우리 가족은 알아들어요) 그러고는 문을 닫고 일을 보고 나오는 거예요. 헤헤, 그 방에서 혼자 뭘 할까요…

동생은 어제 선생님이 새 짝을 정해줬다는 얘기를 하다가 그 방으로 들어갔어요. 저녁을 먹다가 "잠깐, 기다려!" 하더니 숟가락을 쥔 채로 그 방으로 뛰어 들어갔어요. 그러고는 방 안에서 한참을 이러더라고요. 혼잣말로…

"엄마, 걔 몸에서 고양이 지린내 나는 거 알아?"

"걔 엄마는 대학도 안 나왔대."

"걔는 중학교도 공립으로 간대."

"휴먼시아 임대아파트에 사는 거 같아. 임대아파트 사는 거지들은 단톡방에 명단이 있거든. 확인해봐야겠어…"

그리고 혼자 떠들다가 방에서 나와 다시 식탁에 앉는 거예요. 이제 아무 일도 없었다는 듯이 대화가 이어져요.

"그래, 새 짝은 맘에 들어?"

"어떤 애라고?"

"응, 우리 반 2등."

"2등?"

"응, 가방도 되게 멋있어! 난도샐이야."

"란도셀."

"응, 그거. 걔네 엄마가 좋은 가방을 메고 다녀야 성적도 좋게 나온다고 했대."

"뭐야, 성적을 가방에서 꺼내는 거야?"

"응응, 고등학교도 우리나라에선 안 다닐 거래."

"안 다니는 게 좋지, 하하."

"호호."

"크크."

그래서 동생 새 짝이 정말 어떤 애냐고요? 고양이 지린내 나는 못난이, 아니면 반 2등 중에? 글쎄, 어느 쪽일까요? …저도 그 방에 가요. 창피한데 지난주에도 갔었어요. 수학 점수가 67점 나왔거든요. 점수가 홀수로 끝나면 한달 내내 찜찜한 거 있죠. 저는 시험지를 들고 혼자 그 방에 들어가서 이랬어요.

"엄마, 내가 철분이 부족한가봐. 시험 보는데 자꾸 잠이 오는 거 있지."

혼잣말로 또 이랬어요.

"엄마, 시험 볼 때마다 자리를 바꾸잖아. 근데 이번에는 창가에 앉게 된 거야. 앉자마자 겨드랑이에서 땀방울이 흘러내리고 머리는 지끈지끈 아파오고…"

그리고 방에서 나와 저는 시험지를 들고 엄마한테 갔어요. 그리고 엄마가 뭐라고 할 때까지 잠자코 있었어요. 엄마가 시험지를 살펴보고는 제 변명을 기다리다가 "거짓말하는 방에 갔다 올래?" 하고 묻더라고요.

"벌써 갔다 왔어요" 하고 제가 답했죠. "엄마 딸은 친구들이 만드는 유튜브를 너무 좋아하는 거 있죠."

그렇게 또 한번 위기를 넘겼어요, 인생이란…

네, 거짓말하는 방. 그 방 이름이에요. 누가 붙였는지는 몰라요. 누

가 붙였는지 알면 얻다 쓰겠어요? 어차피 거짓말하는 방인데. 거짓
말을 해야 할 순간이 닥치면 혼자 그 방으로 달려가서, 거짓말을 미
리 다 풀어놓은 다음에 돌아와서는, 가족들한테는 정말만 말하는
거예요.

엄마요? 엄마도 거짓말하는 방에 들어가요. 제가 학교를 다니니까
엄마가 얼마나 자주 그 방에 들어가는지는 모르겠어요. (한달에 한
번은 들어가지 않을까요?) …어른은 어린애들보다 거짓말을 덜하
는 거 맞죠? 거짓말해봤자 문제만 더 커질 뿐이라는 걸 아니까? 아
니면 거짓말해봤자 안 속을 걸 아니까? …지난봄에 엄마가 거짓말
하는 방에 들어가서는 친구들이랑 마카오에 놀러 간 얘기를 하더라
고요. 혼잣말로요.

"여보, 나 마카오에서 처음 카지노라는 델 갔었잖아. 응, 난생처
음이지. 전에 당신한테 정선에 놀러 가자니까 강원도까지 차 몰고
가기 피곤하다고 싫다고 했잖아. 그래, 6년 전 일인데도 어제 일처
럼 기억하지? 아무튼 영미랑 수연이랑 카지노 문턱을 넘어서는데
막 주저하게 되고 다리가 후들거리고 오금이 저리고 눈앞이 흐릿
해지는 거 있지? 뭐랄까, 금기를 깬다는 느낌? 그런 거. 카지노는 처
음이니까. 영미랑 수연이랑 같이 찍은 사진 인스타그램에서 봤지?
안 봤어? 어쩜, 아내 하는 일에 이렇게 관심이 없을까. 육포는 맛나
게 먹어놓고. 마카오가 덥기는 해도 정말 사진 찍기는 좋더라…"

그렇게 한참 방에서 떠들고 거실로 나와 한숨 가득한 '퀼른 콘서
트'를 듣고 있던 아빠한테 가서는 이렇게 말하는 거예요.

"여보, 잠깐 얘기 좀 해. 나 마카오 갔었잖아. 응응, 영미랑 수연이랑. 인스타그램 사진 잘 나왔다고? 봤어? 고마워, 하지만 이제 하려는 얘기는 친구들 얘기가 아니라 우리 얘기야. 당신과 나, 그래, 우리 얘기. 여보, 난 이제 당신을 사랑하지 않아. …마카오에 갔을 때, 이 얘기를 반드시 당신한테 해야만 한다는 사실을 깨달았어. 그래. 당신을 사랑하지 않아. 옛날하고는 많은 게 달라졌어."

그러고 엄마는 아빠가 한숨을 다 쉴 때까지 기다려줬어요. 아빠는 50미터 달리기를 하고 난 사람처럼 숨을 몰아쉬었어요. 아빠의 한숨이 거실에 가득했어요. 아빠 한숨에 눌려 저도 숨이 막혔어요. 그리고 아빠는 좋아하는 남자가 생겼느냐고 물었어요.

"상관없는 일이야" 하고 엄마가 말했어요. "당신에 대한 사랑이 사라졌다는 게 문제지."

아뇨, 헤어지지 않았어요. 아빠가 그날부터 손님방에 가서 자기로 했거든요. 그 방엔 오디오도 텔레비전도 없는데… 아빠가 들어가고 나면 가끔 소란해져요. 몰라요, 또 방 한가득 한숨 소리를 피워 올리는 거겠죠.

거짓말하는 방은 언니가 죽고 난 다음, 엄마 아빠가 서로에게 최대한 정직해지기 위해 만든 방이래요. 하마터면 언니 일로 가족이 뿔뿔이 흩어질 뻔했으니까. …엄마가 그 방에서 첫번째로 했던 거짓말은 아빠가 식중독에 걸렸을 때 "당신이 원래 장이 약하잖아, 장염에는 레드와인이 좋대"라고 했던 거래요. 그 방에서 자신이 할 거짓말을 미리 다 풀어놓고는 아빠한테 가서는 아침 식탁에 조개관자를 덜 익혀 내온 것 같다고 털어놓았대요.

아빠는 거짓말하는 방을 잘 사용 안 해요. 왜냐하면 아빠는 가장이라 거짓말을 안 해도 혼날 걱정이 없어서 그런 거래요. …아빠가 했던 가장 큰 거짓말은 엄마랑 상의하지 않고 정관수술을 받은 게 들통 났던 거래요. 그래서 엄마가 왜 그런 바보짓을 상의도 없이 저질렀냐고 꼬치꼬치 캐물으니까 "잠깐 기다려!" 하고 거짓말하는 방에 갔다 오더래요. 그러고는 돌아와서, 어느날 다른 여자와 원치 않는 사랑을 하게 될까봐 그랬다고, 하지만 당신을 정말 사랑한다고 했대요.

그래요, 우리 가족은 누가 거짓말하는 방에 갔다 오면 무슨 고백을 하더라도 화내거나 벌주지 않아요. 그러기로 손가락을 걸고 약속을 한 건 아니지만 어느날부턴가 우리 가족의 불문율처럼 되었어요.

그런데 거짓말하는 방에서 가족들이 무슨 말을 하는지 제가 어떻게 다 알고 있냐고요? 방문에 귀를 대고 엿들었냐고요? 헤헤, 글쎄요, 제가 어떻게 그 많은 거짓말들을 다 엿들을 수 있었을까요? 제 말이 거짓말하는 방에 대한 정말 같으세요, 아니면 거짓말하는 방에 대한 거짓말 같으세요? 제가 아까 갔다 온 데가 화장실일까요, 거짓말하는 방일까요? 언니요? 거짓말하는 방이 정말로 언니 방이었다면 제 말을 믿을 수 있으시겠어요? 언니 얘기부터가 일단 거짓말은 아니었을까요?

Keith Jarrett, The Köln Concert, 1975

───────

🖎문자언어로 이뤄지지 않은 예술작품을 문자언어로 설명하는 일은 힘들다. 그저 감흥을 몇줄 적는 정도라면 어렵지 않을 수 있지만, 논리적으로 이해 가능한 수준에서 길게 설명하는 일은 무척 어렵다.

나는 시각언어로 이뤄진 미술작품들에 대해 그런 작업을 했었다. 그리고 나서 소설을 읽고 리뷰를 쓰는 일을 시작했는데, 소설 리뷰가 이렇게 쉽고 빨리 쓸 수 있는 것이었나 하고 놀랐던 기억이 난다. 미술 리뷰보다 (같은 문자언어를 다루는) 소설 리뷰를 두배는 더 빨리 쓸 수 있었다.

🖎미술은 시각언어라, 그나마 눈으로 읽는 행위까지는 문자언어

와 겹쳐 쉬울 수 있다. 눈으로 본 이미지를 문자로 번역하는 과정만 잘해내면 된다. 하지만 음악, 특히 가사 한마디 없는 연주음악의 경우에는 문자언어로 설명하는 일은 불가능에 가깝다. 클래식이나 재즈의 음악언어는 눈으로 볼 수 없고, 문자언어와 공유하는 부분도 전혀 없다.

그래도 어제저녁이나 오늘 아침에 들은 아름다운 음악을 말로 설명하고 싶을 수 있다. 그렇다면 과정 하나를 더 거쳐야 한다. 그 음악을 들을 때 자신의 마음속에 불현듯 솟은 이미지, 그 심상을 문자언어로 번역하는 과정.

꿈사실 그 과정은 서로 다른 언어 사이의 번역이 아니라 번안에 가깝다. 음악언어라는 원어가, 청자의 주관이라는 필터를 한번 더 거쳐 옮겨지는 것이므로. 그래서 결과는 음악에 대한 설명이라기보다는, 글쓴이의 취향과 안목, 무의식에 대한 설명에 더 가까워진다.

예) '쾰른 콘서트'의 「파트 1」을 (2019년 4월 6일 오전 11시경의) 내 마음의 필터를 통해 번안해본다면,

1. 그저 무심하게 걷다가 피아노 소리에 귀를 기울이는 나를 발견하고는,

2. 문득 마음의 눈을 뜨고 주의를 기울이며 사근사근 말을 걸다가,

3. 키스 재럿의 피아노 연주는 장중한 걸음걸이를 옮겨 내게 다가온다.

4. 함께 우아한 걸음걸이로 희망과 절망을 오가며,

5. …

6. 삶의 그 모든 한숨과 탄식, 끝없는 스릴.

꿈 '쾰른 콘서트'를 설명하는 데 있어 키스 재럿이 일곱살 때부터 작곡을 하고 독주회를 열 정도의 신동이었다거나, 열다섯살에 버클리 음대의 장학생이 되었다거나, 마일스 데이비스의 밴드를 거쳤다거나 하는 전기적 사실을 열거하는 일은 의미가 없다. (구체적으로 이 음반 어디에 버클리 음대 장학생의 면모가 들어 있다는 말인지?)

그리고 아름답다거나(아름다움의 기준은?), 깊이가 느껴진다거나(그 깊이가 내가 생각하는 그 깊이?), 자유로운 영혼이 아니면 연주할 수 없다거나(영혼은 어디에?) 하는 상투적인 평가들도 사실상 이 앨범에 대해 아무것도 말해주지 않을 것이다.

꿈 '쾰른 콘서트'를 듣기 전까지 나는 키스 재럿에 큰 애정은 없었다. 재즈에도 여러 장르가 있고, 나는 그의 연주보다 덜 대중적이고 더 마이너한 연주들을 좋아해왔다. 하지만 장르에 대한 내 취향을 떠나 훌륭한 음악은 항상 발견되는데(이것이 이 음악에세이를 쓰는 목적의 하나다), '쾰른 콘서트'가 특히 그렇다.

난 의사가 필요 없어

모임을 위해 우리는 철제 접의자들로 회의실에 큰 원을 만든다.

그리고 얼떨결에 팔을 뻗더라도 서로 닿지 않지 않을 만큼 충분히 떨어져 앉는다.

고개를 들어도 시선이 맞부딪는 일이 없도록 매 순간 신경을 쓴다.

신부는 서쪽 벽에 난 작은 장미창을 뒤로하고 앉는다.

모임은 기도로부터 시작한다. 신부가 먼저 한 구절을 읊고 우리가 따라서 읊는다.

"제가 바꿀 수 없는 일들을 받아들이는 평온함과, (제가 바꿀 수 없는 일들을 받아들이는 평온함과)

제가 바꿀 수 있는 것들을 바꾸는 용기, (제가 바꿀 수 있는 것들을 바꾸는 용기.)"

그리고 죄를 물리치고자 하는 이 기도문에서 가장 선하고 아름다우면서도 거의 불가능한 요구처럼 들리는 끝 구절이 참사회 회의실에 울려 퍼진다.

"그리고 그 둘을 구분할 지혜를 주시옵소서.
(그리고 그 둘을 …할 …를 주시옵소서.)"

기도문의 마지막 구절에 이르러 우리는 회한으로 목소리가 탁해지고, 몇낱말은 얼버무리고 건너뛴다.
우리 모임은 처음에는 성당 뒤뜰에서 시작했다. 그러다 성 프란체스코 고해실로 옮겼고 "거긴 너무 성스러운데 자네들이 있을 데가 맞아?" 하는 의견이 내려와서 지금의 참사회 회의실로 옮겼다. 우리는 자신의 직업을 이름표로 만들어 가슴에 달고 있다. 우리는 직업으로 불린다.

우리가 여기 처음 왔을 때 신부는 이렇게 말했었다.
"여러분이 짓고 있는 그 표정을 알아요. 마음의 고통이 고스란히 얼굴에 떠오른 표정이지요. 특히 그쪽 대학생은…"
신부는 대학생을 가리켰다. 대학생은 떨리는 목소리로 자신을 소개했다.

"저도 가끔은 화를 낼 줄 아는 사람이란 걸 세상이 알아줬으면 좋겠어요."

그러면서 대학생은 양손 주먹을 꼭 쥐었다. 우리는 그녀의 주먹이 야구공도 쥘 수 없을 것같이 지나치게 작고 연약해 보여 깜짝 놀랐다. 하지만 우리는 이제 그녀가 가끔 화를 낼 때면 그 작은 주먹으로 무슨 짓을 저지를 수 있는지 알고 있다.

"저는 제 발과 싸우는 사람이었지요."

지체 장애인 기술자는 말했었다.

알래스카에서 가스수송관의 압력을 조절하는 일을 하다가 귀국한 그 기술자는 걸음걸이가 온전치 못하다. 그는 자기 왼발이 조국의 이익에 반하는 음모를 꾸민다는 이유로 호신용 권총으로 쏴버렸다. 그는 발등을 한번 쏜 다음에, 음모 조직의 우두머리라는 이유로 처형한다며 엄지발가락마저 쏴버렸다.

그리고 응급처치만 받고 미국은 병원비가 비싸다며 귀국을 했다. 우리는 이제 그의 왼발이 꾸몄다는 음모를 알게 되었지만 말할 수는 없다.

"제가 왜 사람들 눈을 똑바로 쳐다보지 못하는지 아세요?"

물리치료사는 팔꿈치를 허벅지에 괴고는 고개를 수그리고 말했었다.

"제가 죽여버리고 싶어한다는 걸 사람들이 알아차릴까봐 그래요."

그러고 나서 물리치료사는 잠시 숨을 고르고는 고개를 들었는데, 우리는 그의 시선이 정확히 우리들 어깨 사이만을 옮겨 다닌다는 사실을 알았다. 그는 눈을 똑바로 마주치는 법이 없었다. 신부든 누구든, 마주 대화를 나눌 때도 언제나 눈을 비켜 떴다.

우리는 이제 그가 누군가를 똑바로 노려볼 때 무슨 일이 생기곤 했는지 알고 있다.

"이 세상엔 진리 없는 스승이 너무 많아요."

대학교수는 그렇게 불평을 늘어놓았다.

"하지만 교수님도 학교에 가면 스승이잖아요."

우리는 부러운 마음으로 물었다.

"맞아요, 그래서 매 수업 시간마다 제 손등에 번개가 내리꽂히는 거예요."

어떻게 하는지 알 수 없었지만 우리는, 대학교수의 손등에 번개가 치듯 퍼런 정맥이 불끈불끈 솟았다 사라지는 것을 지켜볼 수 있었다. 우리는 이제 그가 진리 없는 스승에게 어떻게 천벌을 내리는지 알고 있다.

"지난밤 꿈에 제가 그토록 잔인하게 다룬 게 누군지 모르겠어요."

바리스타는 첫 모임에서, 정말로 하나도 잔인할 게 없는 잔인한 꿈에 대해 이야기했었다.

"꿈에서 한 아이의 소매에 묻은 콧물을 닦아줬고, 길고양이의 구부러진 등을 쓰다듬었고, 새빨간 딱정벌레 같은 차를 몰고 주차장에 들어갔다 나왔어요."

우리는 뭐가 잔인한지 알 수 없었다. 하지만 요즘도 바리스타는 자기가 잔인하다고 느꼈던 지난밤의 꿈 이야기를 한다. 그런 게 어딜 봐서 잔인하다는 건지 우리는 알 수 없었지만 그냥 그녀의 말을 믿었다. 어쩌면 지나치게 잔인한 꿈이 문학적인 우회로를 거쳐 평범한 꿈으로 다시 태어난 것인지도 몰랐다.

우리는 이제 그녀의 꿈이, 꿈이 아닐 가능성까지 염두에 두고 있다. 우리는 이제 그녀가 평범한 꿈을 꿀 때, 그녀의 일터에서 어떤 사건이 일어날 수 있는지 알고 있다.

모임에는 다른 이들도 많다. 슈퍼마켓 사장님도 있고, 주부도 있고, 고등학생도 있고, 베트남 이민자도 있고, 청년 백수는 여러명이 있고, 책을 열권 넘게 냈지만 우리가 읽어본 책은 한권도 없는 못생긴 소설가도 있고…

우리는 소설가가 했던 말을 기억한다.

"저는 이유 없이 죄의식에 사로잡힐 때가 있어요."

소설가는 하지만 자기가 뭘 그렇게 잘못했는지 모르겠다며 음울한 표정을 지었다.

"제가 뭘 잘못했는지 곰곰 따져보면… 초코파이 한통을 사서 이틀 만에 다 먹은 거? 꼴도 보기 싫은 친척 동생이 차 사고 당하는 꿈을 꾼 거? 술 취해 집 앞 골목에서 길고양이를 안아주려고 소리 지르며 쫓아다녔던 거? 여자친구 몰래 혼자 앙코르와트 여행 가는 계획을 짜보려고 했던 거? 이 정도예요."

우리는 속으로 한숨을 쉬었다.

"그런 건 죄는커녕 허물이라고도 할 수 없어요."

우리는 한데 입을 모아 위로했다.

"네네, 그래요. 하지만 난 정말 아무 잘못도 저지르지 않았어, 하는 확신이 들 때조차도 저는 죄의식에 가슴을 쥐어뜯을 때가 있어요."

소설가는 축축하게 젖은 못생긴 눈으로 우리를 한명씩 돌아봤다.

"그럴 때마다 저는 여러분을 한두명씩 지어냈지요. 그러고는 여러분이 저 대신 잘못이나 죄 같은 걸 짓게 한 다음 벌을 받게 하는 거예요. 뭐, 경찰에 잡힌다든가, 차에 치인다든가, 자살을 한다든가… 교도소에도 보냈지요."

우리는 헤벌쭉 입을 벌린 채 말을 잊었다.

우리 중 누구도 소설가가 하는 말을 이해하지 못한 게 분명했다.

"그러니까 우리가 소설가님이 지어낸 소설 속 인물들이란 말이에요?"

대학생이 주먹을 꼭 쥐면서 물었다.

"우리가 신부님한테 고백하고 용서를 비는 죄가 죄다 소설가님이 심어놓은 거라고요?"

기술자가 분노한 얼굴로 왼발을 까딱까딱했다.

"어쩜! 그러고 보니 저는 늘, 제가 저질렀다고 경찰이 말하는 잘못들이 제가 저지른 게 아닌 것 같았어요!"

바리스타는 평소보다 더 억울하다는 표정을 지어 보였다.

"설마 신부님까지 소설가님이 꽂아둔 인물이라고 주장하는 건 아니지요?"

대학교수가 지성이 번뜩이는 표정으로 질문을 던졌다.

한참이나 침묵이 흘렀고, 소설가는 알쏭달쏭한 미소만 지을 뿐 대꾸를 하지 않았다. 하지만 결단코 물러나지 않을 부대처럼 계속 자리에 앉아 있었다.

우리도 당하고만 있지는 않았다. 우리는 암묵적으로, 우리의 조물주 행세를 하기엔 너무 못생긴 소설가를 투명인간 대하듯 하기로 했다.

우리 모임의 시작은 그랬다. 지난여름의 일이다.

우리는 매월 둘째 넷째 목요일 저녁에 만나서 자신의 죄를 털어놓으며 의견을 나누다가 헤어진다.

하지만 서로의 죄로부터 자기 자신을 경계하느라 그 흔한 뒤풀이 한번 가져본 적이 없고, 회의실에서도 서로 멀찍이 떨어져 앉고 눈도 마주치지 않는다.

그리고 못생긴 소설가는 오늘도 헛소리를 풀어놓는다.

"제 안에 어떤 악마가 살고 있는지 여러분은 잘 알고 있어요…"

한심하게도 우리는 안 듣는 척하며 매번 귀를 기울인다.

어느새 소설가에게 길들여진 것이다.

오늘은 놀랍게도 신부가 반응을 보인다.

"저는 비로소 저를 만든 하느님의 얼굴을 봤어요." 신부는 조용히 말을 이었다. "실은 1년 전부터 익히 보아오던 얼굴이었지요. 이제야 깨달았을 뿐이에요. 여러분, 저는 진즉에 보고 있었어요…"

신부는 고개를 돌려 소설가를 향해 그윽한 미소를 지어 보낸다.

소설가는 신부의 고백이 끝나자 만족스럽게 고개를 끄덕이고 등을 꼿꼿이 세운다. 그러고는 자리에 앉은 채로 한 손을 들어 장미창을 향해 손가락을 튕긴다.

그러자 틱 소리와 함께, 참사회 회의실의 성스러운 적요를 뚫고 무언가 투덜거리는 듯한 소리가 들려오기 시작한다. 뭔가 투덜거리는, 구시렁거리는, 씨부렁거리는 목소리…

그리고 다 같이 들으라는 듯이 점점 커진다.

"거울을 봐요, 여러분…"

소설가가 말한다.

"제 안의 악마란 여러분들이지요."

성스러운 적요 너머의 목소리는 이제 노골적인 욕설이 되어 회의실로 쏟아진다. 듣기 거북한 노랫말에, 탁하고 거칠고 뚝뚝 끊어지고 빚 갚으라는 빚쟁이 같은 노골적인 목소리다.

목소리는 이제 의사가 필요 없다고 울부짖는다.

"(징징징) 난 의사가 필요 없어!

(쾅쾅쾅) 난 의사 따윈 필요 없어!"

속이 뒤집힐 듯한 기타의 불협화음이 우리를 습격한다. 역겨운 엇박자 드럼 소리가 우리를 공격해온다.

"와스프의 1987년 실황 앨범 '라이브 인 더 로'를 들어봤어요? 최고로 역겨우면서도 신나는 음반이지요. 전 그 실황 비디오도 고등

블래키 롤리스와 와스프

학생 때 봤는데, 난생처음 남자의 벗은 엉덩이에 말 못할 혐오를 느껴봤지요.”

소설가의 말에 우리 모두는 신음을 내지른다.

“와스프의 보컬이자 베이시스트 블래키 롤리스는, 새하얀 백인의 엉덩이에 크나크고 어두운 그림자를 달고 있었어요. 블래키는 얼굴도 엉덩이나 다름없이 혐오스러웠지요. 블래키가 그 큰 입으로 지상의 지옥에 대해 떠벌리는 소리를 상상해보라고요, 지독한 방귀 같은…”

우리가 그런 밴드 따위를 절대 알 리 없지만 희한하게도 우리는 알고 있다.

우리는 와스프도 기억하고, 블래키도 기억한다.

와스프의 날것 그대로인 그 불쾌한 실황 앨범도 기억한다. 심지어 수백번은 되풀이해 들었다.

소설가가 또 입을 연다.

“여러분은 제 머릿속에서 영원히 울려 퍼지는 지옥의 메아리예요. 악몽이자 죄의식이고, 제 영혼에 드리워진 떨쳐낼 수 없는 어두운 그림자들이지요. 제 안의 어두운 타자들이세요. 백인 앵글로·색슨 신교도, 그러니까 와스프의 등 뒤로 길게 드리워진 살해당한 흑인들의 그림자이지요.”

하지만 우리가 항의하기도 전에 신부가 나서 신앙의 쐐기를 박는다.

“저는 이미 2016년 겨울에, 용산 성당에서, 바티칸에서 오신 귀한

분과 함께 불에 타 죽은 사람이에요.”

신부의 말에 우리는 차가운 마음으로 놀라 외친다.

“뭐라고요!”

“뭐요!”

“뭐라고 하시는 겁니까!”

우리는 한꺼번에 아우성을 친다. 하지만 어쩐지 열의는 느껴지지 않는다.

“신부님의 조물주는 하느님이지 저 못생긴 소설가가 아니잖아요!”

소설가에 의하면 우리는 이미 죽은 사람들이다. 그렇단다.

신부가 불에 타 죽은 건 『공포의 세기』에서이다. 대학생은 『목화밭 엽기전』에서 뒷마당에 묻혔다고 한다. 기술자를 가리키면서는 이미 오래전부터 「구름들의 정류장」에서 죽은 자로 서성이고 있다고 한다. 대학교수는 진리 없는 연옥에 갇혀 오늘도 「연옥 일기」를 쓰고 있고, 물리치료사는 『죽은 올빼미 농장』에서 로프를 목에 걸고는 베란다에서 뛰어내렸다고 한다. 그리고 바리스타는 「비그늘 아래로」에서 한밤중에 한강대교에서 뛰어내린 사람이다…

우리는 참다 못해 이구동성으로 소리를 지른다.

“소설가님은 정말 의사가 필요한 사람이군요!”

하지만 우리가 질러대는 소리는, 우리 자신의 귀에도 백 퍼센트 진심으로 들리지 않는다. 우리가 죽지 않았다고 우리도 확신할 수 없다.

우리는 한둘씩 어물쩍 자리에서 일어나 기운 빠진 얼굴로 참사회 회의실을 나간다.

"여러분은 이미 죽은 사람들이에요."

소설가는 끝까지 우리를 저주한다.

"그렇게들 매일 왜 사나 싶게 사느니 차라리 이미 죽었다는 게 마음이 편하잖아요."

성당을 떠나는 우리의 등 뒤로 소설가의 조롱이 미친 종소리처럼 울려 퍼진다.

"그렇게 사느니 차라리 죽는 게 낫잖아요, 안 그래요?"

W.A.S.P., Live…In the Raw, 1987

─────

⟡이딴 음악은 싫다는 분들은 「슬리핑 (인 더 파이어)⟩Sleeping (In the Fire)」나 「와일드 차일드Wild Child」를 먼저 들어보셨으면 좋겠다. 실황 버전이면 더 좋다.

⟡W.A.S.P.에는 여러 의미가 있다. 앵글로·색슨계 백인 신교도 의 의미와, '라이브…인 더 로Live…In the Raw'에서 블래키 롤리스가 아 주 큰 소리로 확언하듯이 'We Are Sexual Perverts'의 의미. 한편 '말 벌'을 뜻할 수도 있다. 그들의 2000년 앨범 '더 스팅The Sting'은 말벌 의 독침을 연상시킨다.

오래전에 W.A.S.P.를 어떻게 읽을까, 하는 문제가 소수의 팬들 사이에서 돌았다. 1980년대에 그들의 음반은 해적판으로나 구해 들을 수 있었고, 본토인 미국 사람들이 밴드명을 어떻게 발음하는지 들을 기회도 없었다.

W.A.S.P.를 어떻게 읽을지는 방송국의 어느 DJ에 의해 밝혀진다. 블래키 롤리스^Blackie Lawless가 내한했을 때 DJ가 물었고 "와스프"라는 대답을 받아냈다(나도 이 이야기를 방송에서 들었다).

🐚와스프는 중의법 놀이인 게 분명하고, 상황에 따라 다른 의미로 사용했다. 팬들 앞에서는 "우리는 성도착자들이다!"라고 객기를 부리고, 미국 학부모협회 회원들 앞에선 "우리는 앵글로·색슨계 백인 신교도들이다!"라고 주장을 하는 식으로.

와스프는 미국 학부모협회가 가장 싫어하는 록 밴드로 꼽히기도 했다. 이는 와스프가 밴드의 인지도를 높이기 위해 도발한 결과일 수도 있다. '라이브…인 더 로'에 그 증거가 있다.

🐚1980년대 와스프의 사운드는 경박한 그로테스크라고 부를 만했다.

공격적이고 육중한 사운드를 구사하면서 「토멘터^Tormentor」나 「더 토처 네버 스톱스^The Torture Never Stops」 같은 가학적인 제목을 붙이고, 쇠사슬 끄는 소리 같은 공포심을 유발하는 효과음을 넣었다. 보컬 블래키 롤리스는 황홀경에 빠진 듯이 괴성을 질러댔다. 이는 헤비 메탈의 특징이다.

한편 리듬은 전반적으로 상당히 경쾌했고 유머가 느껴졌고, 어깨가 절로 들썩거리면서 춤을 추고 싶어지기까지 했다. 이는 댄스 음악의 특징이다.

비주얼과 쇼맨십은 쇼크 록 쪽이었다. 중학교 때 이들의 데뷔 앨범을 듣고는 꽤 충격을 받은 기억이 난다. 고딕 스타일의 분장을 하고 나와 해골과 관을 배경으로 찍은 재킷 사진은, 1980년대 한국의 중학생에겐 어떻게 봐도 문화 충격이었다.

이 세가지 성격이 경박하면서도 그로테스크한 이 밴드와 연주의 특징이다.

✍와스프의 초기 앨범은 그저 장난기 많은 악동들의 떠들썩한 난장판 같지만, '더 크림슨 아이돌The Crimson Idol'같은 중기 앨범은 헤비메탈 밴드가 철이 들고 원숙해지면 어떤 사운드를 만들어낼 수 있는지 진지하게 들려준다.

블래키 롤리스는 난장판을 연출했던 1980년대의 헤비로커들 가운데 단연 오래 살아남았다. 그들과 비슷한 시기에 활동했던 머틀리 크루Mötley Crüe나 래트RATT 같은 젊은 메탈 밴드들이 세월을 견디지 못하고 어떻게 스러져갔는지를 아는 팬이라면 그의 생명력에 놀랄 것이다.

✍어떤 예술가들은 세월이 그의 현명함과 재능, 천재성을 대신 입증해준다. 블래키 롤리스가 그렇다.

물곰 가족

어느날 아침 침대에서 봉씨는 아내가 커다란 벌레로 변해 있는 것을 발견했다.

봉씨는 미동도 없이 베개에 머리를 파묻고서, 아내의 기다랗고 마디진 더듬이를 뚫어져라 바라봤다. 아침부터 뜨거운 여름이었지만 온몸이 얼어붙은 듯했다.

그러다가 봉씨는 마침내 할 일을 생각해냈다는 듯 소리 없이 입술만 움직여, 허공에 둥글게 늘어진 더듬이의 마디 수를 세었다.

하나, 둘, 셋, 넷, 다섯, 여섯…

봉씨는 오른쪽 더듬이의 마디 수를 다 세고 왼쪽 더듬이의 마디 수를 셌다.

하나, 둘, 셋, 넷, 다섯…

예상했던 대로 오른쪽 왼쪽 더듬이 마디 수가 서로 달랐다. 오른쪽이 하나 더 많았다. 마디 수의 좌우 비대칭은 침대 옆자리의 이 벌레가 원래는 아내였음을 증거하고 있었다.

신체의 비대칭은 아내를 정확히 반영한 것이었다. 신혼 때만 해도 그렇지 않았는데 딸 둘을 차례로 낳으면서 아내의 육체는 뭐랄까, 왼쪽이 침몰하기 시작했다. 왼쪽 아랫배의 수술 자국을 둘러싸고 단단하게 살덩이가 뭉치더니, 매끈했던 아랫배가 맨 처음 좌우 대칭을 상실했다. 둘째를 낳고부터는 왼쪽 엉덩이가 처지기 시작했고, 첫째가 초등학교에 들어갈 무렵엔 왼쪽 젖가슴이 1센티미터쯤 늘어져버렸다.

언젠가 봉씨가 심술궂게 그 사실을 지적했더니 아내는 아, 그래, 하고 도끼눈을 떴다.

"넌 무슨 완보동물 같은데? 작고 둔하기가."

아내는 광기에 사로잡혔다.

"하하, 등신이 좋단다. 완보동물이 뭔지도 모르면서."

당황한 봉씨가 휴대전화를 꺼내서 켜고 네이버 포털을 열어 완보동물을 검색하고 이해하는 동안 아내는 숨도 안 쉬고 그를 놀려댔다.

"작으면 귀엽기라도 해야지, 넌 그냥 작기만 해. 보잘것없고 볼품없어. 내가 요가를 배우면 뭐해, 쓸데가 없는데."

그리고 아내는 지가 싫어서 학생들이 수강신청을 안 하는 걸 기초학문이 몰락하고 있다고 멍청한 소리나 칼럼에 써 갈긴다고 봉씨의 자존감에 스크래치를 냈다.

그렇게 냉랭한 불을 뿜는 아내는 봉씨가 처음 보는 모습이었다. 연애를 할 때는 남자랑 손만 잡아도 큰일 난다는 듯이 두 손을 겨드랑이에 꼭 끼우고 데이트를 하던 여자였다. 결혼을 하고 첫째를 낳기 전까지만 해도 아내는 여전히 그의 수더분한 내조자였다. 시간강사 시절 서울에서 대전으로 강의를 다니며 일주일에 하루만 집에 들어와도 잔소리 한마디 없이 눈만 흘길 뿐이었다. 그가 허리를 덥석 안으며 한달 안에 허리둘레를 2인치 줄이지 않으면 학생이랑 바람을 피울 거라고 협박 같은 농을 던져도 그저 분한 눈물만 한줄기 흘릴 뿐이었다.

"찾긴 뭘 찾아, 찾아서 비교해보게? 둘 중에 누가 더 큰지? 하하."

순하고 무던해서 학교 식당의 주방 아줌마 같았던 아내는, 첫째를 낳고는 웃자고 한 말에 죽자고 덤벼들기 시작하더니 둘째를 낳고 나서는 완전히 사라졌다. 그 아내는 이 아내가 아니었다. 이제는 농담 한마디에도 봉씨를 태워버릴 듯이 살의를 뿜는 불과 얼음의 여왕이 되었다.

"완보동물이 물곰이었어?"

봉씨가 우물거렸다. 그는 화도 못 내고 몰랐던 사실을 당신 덕에 알았네, 하는 뉘앙스로 대꾸했다.

"물곰은 어찌나 둔한지 10년을 굶겨도 배고픈지 모른다네."

아내는 어기적어기적 물곰의 걸음걸이를 흉내 내며 주방에서 욕실까지 걸어 보였다.

"너도 한번 굶어봐."

봉씨는 침대 옆자리에 누운, 한때는 이 집안의 잔혹한 여왕이었던 벌레를 넋을 놓고 바라봤다. 벌레의 흑갈색의 겹눈은 눈꺼풀이 없어, 자고 있는지 깨어 있는지도 알 수 없었다. 뜬 눈인지 감은 눈인지도 알 수 없었다. 아래턱은 볼트커터처럼 우악스럽게 변해버려 지금 호흡을 하고 있는지 아닌지 확인할 수 없었다. 어제 아침만 해도 아내는 아랫입술을 추접하게 떨며 거친 숨을 내뱉었다.

봉씨는 배가 고팠다. 목이 말랐고 볼일도 보고 싶었다. 직장은 없었지만 멜버른 왕립식물원에라도 가서 좀 걷고 싶었다. 하지만 섣불리 침대를 들썩였다가는 벌레 여왕이 깨어나 벼락을 맞을지도 몰랐다. 물어뜯을 수도 있었다. 그는 오로지 그 걱정만 했다. 그는 벌레가 아내가 맞는지, 맞다면 어쩌다 저리 됐는지, 벌레 여왕이 과연 자신을 잘 내조하고 두 딸을 잘 키울 수 있는지에 대해서는 조금도 생각하지 않았다.

"으음."

봉씨는 벌레 옆에 누운 채로 도로 눈을 감고는, 호주 멜버른과 8000킬로미터쯤 떨어진 고향 시골로 돌아갔다. 그러고는 꿈속에서처럼, 그리운 어머니와 함께 정든 동네를 한바퀴 돌고 왔다. 경북 청송의 워낙 작은 시골이라 시간은 얼마 걸리지 않았다. 그러고 크게 심호흡을 하고 눈을 번쩍 떠봤다. 침대머리에 드리워진 더듬이는 여전했다.

"흠."

봉씨는 아내 무섭증이 있는데다 벌레 무섭증까지 있었다. 그는 가슴을 조여오는 공포를 견디며 분당 10센티미터의 속도로 침대를 빠져나왔다. 그는 욕실로 가 소변을 보고 샤워할 준비를 하면서 거울을 들여다보았다.

거울 속에는 아내로부터 극적인 승리를 쟁취한 중년 사내가 웃고 있었다.

"음."

약간 비참한 사내이긴 했다. 하지만 비참한 고난은 극복되고 있었다.

호주 멜버른에 내려오기 전에 봉씨는 서울의 한 대학의 교수였다.

고난은 봉씨가 강의 시간에, 사람은 외모로 판단해서는 안 되며 어린아이의 자아형성기에는 특히 예쁘다 잘생겼다 소리를 하면 안 된다고 한 순간부터 시작되었다. 그러면 어린이의 자아가 외면에 형성되어 내면이 부실해진다는 얘기를 했던 그 순간이 고난의 시작이었다. 다들 열심히 듣는 듯했고, 강의의 깊은 뜻을 이해한 듯했다.

그다음 수업에 두 여학생이 꼿꼿이 허리를 세우고 앉아 교단의 봉씨를 똑바로 바라보고 있었다. 둘은 온갖 액세서리와 색조 화장으로 한껏 꾸미고 나와 강단의 봉씨와 빤히 눈을 맞추었다. 두 여학생은 '나한테도 어디 한번 외모는 중요하지 않다고 해보시지요' 하고 대드는 것처럼 보였다.

봉씨가 학부생이었을 때의 대학 캠퍼스에는 두 학생만큼 화장술의 경지에 오른 학생은 없었다. 잘은 몰라도 지금 같은 품질의 화장품도 없었다. 그는 자신과 눈을 맞추는 두 학생 중, 윗머리 몇가닥만 오렌지 빛깔로 브리지 염색을 한 학생에게 특히 끌렸다.

봉씨는 갓 딴 오렌지처럼 신선한 브리지가 자신을 유혹하기 위해 특별히 염색한 것이라고 덜컥 믿어버렸다. 또래 애인과 데이트가 있다거나, 자기만족을 위해 그렇게 꾸미고 왔을 가능성은 생각하지 못했다. 그는 강의가 없는 날에 굳이 교수실로 출근해서는, 브리지 염색을 한 학생을 불러 중국 광저우에서 있을 세미나 이야기를 했다.

교수와 학생의 사랑의 모험이 시작됐다. 성폭력 사건들로 세상이 시끄러울 때였지만 오히려 그런 점이 봉씨의 호승심을 부추겼다.

"누가 감히 나를…"

봉씨는 한국사회에서 누가 자신을 해칠 수 있는지 시험해보고 싶기까지 했다.

어린 연인이 임신을 하고 연인의 친구가 학교 당국에 투서를 보낸 다음에야 봉씨는, 일렁이는 파도처럼 블러 처리된 푸들이 악어 아가리를 벌리고 자신의 성기를 물어뜯는 꿈을 꿨다. 둘 사이에 주고받은 카톡 밀어가 마침내 윤리위원회에 공개되었을 때 비로소 그는 카카오톡이 조금도 은밀한 매체가 아니라는 사실을 깨달았을 뿐만 아니라, 그 밀어가 실은 성희롱이었을 뿐이라는 사실을 강제로 받아들여야 했다.

하지만 세상 모두가 봉씨를 비난한 것은 아니었다. 그의 정다운 술친구들은 그의 어깨를 두드리며 격려해줬다.

"괜찮아, 이건 쌍방 책임이라고." 봉씨와 동향인 김 교수의 격려였다.

"걔, 아주 색기가 좔좔 흐르던데?" 봉씨와 동문인 이 교수의 격려였다.

"봉 교수, 아직 살아 있었네! 사낼세, 사내야!" 봉씨의 동료인 최교수의 격려였다.

그 술 취한 격려들이 봉씨를 곤경의 구렁텅이에 한번 더 밀어 넣었다. 자존감을 되찾은 그가 윤리위원회에 불려나가서는 목에 힘을 주고 이런 말을 했던 것이다.

"임신한 학생은 어떡해요?"

"결혼하면 되지."

"학문의 꿈은요? 학자가 되고 싶어 대학원에 갈 예정이었다던데?"

"걔, 원래 공부에는 자질이 없어요."

봉씨는 학교를 그만두고 딸들의 교육을 핑계로 호주 멜버른으로 건너왔다.

봉씨는 미지근한 물로 샤워를 하면서 두 딸이 깨어나 엄마의 더듬이와 검고 굽은 등을 본다면 어떻게 나올지 근심했다. 틀림없이 꺄악, 꺄악 소리를 지르며 자신에게 매달려 당장 서울로 돌아가자

는 둥 할머니가 보고 싶다는 둥 가당찮은 요구를 하겠지. 하지만 그
들은 가족이었고 그는 가장이었다. 이 집안의 가장에게 대한민국
서울은 존재하지 않았다. 그는 지구의 북반구로는 머리도 두지 않
았다. 그가 서울로 돌아가지 않는다면 아내도 딸들도 돌아가지 않
는다.

봉씨는 콧노래를 부르며 불안한 마음을 달래다가, 문득 두 딸이
일어날 시간이 이미 지났다는 사실을 깨달았다. 지금쯤이면 둘 다
일어나 이층에서 욕실 문을 사이에 두고 큰소리로 수다를 떨고 있
을 시간이었다. 아닌가? 그는 다시 두 딸이 엄마를 닮아 늦잠꾸러
기라는 사실을 떠올렸다. 그래도 그렇지! 그는 오늘이 어학원에 가
는 날이고 9시 반에 수업이 시작된다는 사실을 기억해냈다.

두려움에 떨며 봉씨는 젖은 몸을 닦고 가운을 걸친 다음 이층으
로 올라갔다. 벌써 햇살이 층계를 달구고 있었다. 맨발바닥에 닿는
나무 계단은 따뜻했고 공기는 더웠다. 그는 두 딸의 침실 앞에 숨을
멈추고 무기력하게 서 있었다. 그저 문을 여는 데도 용기가 필요했
다. 그는 문고리를 잡고 돌리며 문을 밀었다. 노크를 하라는 딸들의
요구는 이번에도 잊어버렸다.

첫째 딸의 침대엔 햇살에 번들거리는 자줏빛 커다란 가지가, 둘
째의 침대엔 초록색 뿔처럼 싹까지 돋은 커다란 생양파가 올라와
있었다. 이불은 잠결에 걷어찬 것처럼 구겨져서 발치에 밀려나 있
었다.

봉씨는 멍청한 얼굴로 두 침대 위의, 딸일 수도 없고 딸이 아닐

수도 없는 가지와 양파를 바라보다 살금살금 문을 닫고 나왔다. 가
지와 양파가 깨어나 아빠, 싫어, 싫다고! 하고 평소처럼 소리라도
지를 것처럼.

"음."

봉씨는 신음을 지르지 않을 수 없었다.

양파와 가지는 봉씨가 식탁에 올리지 못하게 하는 식재료였다.
그에겐 생각만 해도 끔찍한 생김새와 냄새였다. 그는 가지와 양파
를 주방에 들여놓지도 못하게 했다. 그래서 아내와 딸들은 가지와
양파로 만든 음식을 먹고 싶으면 그를 버려두고 외식을 했다. 중식
당에 가서 가지볶음 요리인 어항가지를 먹었고, 일식당에 가서 양
파 향이 듬뿍 나는 카레라이스를 먹었다.

아래층 거실로 내려와 소파에 앉은 봉씨는, 딸들이 자신이 가장
싫어하는 양파와 가지로 변한 일의 의미를 곰곰 따져보았다. 의미
는 알 수 없었다. 그가 의미를 알 리 없었다.

봉씨는 어쩌면 딸들이 양파와 가지만큼이나 싫었던 적은 없었는
지 생각해봤다. 없다고 할 수 없었다. 딸들은 아빠 때문에 1년 내내
여름 속에서 살고 있다고 아침마다 빈정대고, 영어로 어떻게 친구
들을 사귀냐고 저녁마다 원망했다. 딸들도 그를 싫어했을 게 분명
했다.

그랬다, 봉씨가 먼저 축구공으로 변했을 수도 있었다. 딸들은 축
구 중계도 싫어했고 축구공도 싫어했는데, 모두 그가 좋아하는 것
들이어서 싫어했던 게 분명했다. 그는 자기도 알지 못한 순간에 선

수를 쳤고 인간으로 살아남았다.

봉씨는 혼자 남았다. 문득 현관을 열고 나가 호주인 이웃들도 아내와 딸들처럼 벌레나 채소로 변했는지 둘러보고 싶은 충동이 일었다. 이런 재앙이 자기 집에만 내린 축복일 리 없었다. 재앙과 축복, 그는 멍한 얼굴로 중얼거렸다.

봉씨는 주저하면서 거실의 턴테이블로 가 서울에서 가져온 올맨 브라더스 밴드의 '앳 필모어 이스트' 앨범을 올려놓고 틀었다. 처음엔 벌레든 가지든 양파든 누가 깨기라도 할까봐 볼륨을 낮춰놓고 작은 소리로 들었다. 하지만 1971년 5월, 미국 뉴욕의 필모어 이스트 공연장에서 녹음한 이 실황 앨범을 작게 틀어놓고 듣는다는 건 취향이 허락하지 않았다. 엘피를 뒤집어 틀고 바꿔 틀 때마다 그는 볼륨을 소심하게 한단계씩 높였다.

올맨 브라더스 밴드의 음악은 실황 앨범으로 들을 때 더 빛나고, 크게 들을수록 그 가치를 느낄 수 있었다. 스튜디오 녹음과 실황 녹음의 차이가 그들처럼 큰 밴드도 없을 것이었다. 서울을 떠나며 수천장의 엘피를 팔아버렸지만 봉씨는 이 앨범만은 손에서 놓지 않았다. 그렇게 목숨처럼 아까운 베스트 엘피를 한 박스 정도 남겨 가져왔다.

바보같이 호주에 와서 더 싼값에 쉽게 구할 수도 있다는 생각은 못했다.

호주에서는 게다가 1971년 초반을 구할 수도 있었다.

올맨 브라더스 밴드

봉씨는 행복한 기분으로 '앳 필모어 이스트' 재킷을 앞뒤로 살펴
보았다. 일층과 이층 침실의 침대는 떠올리기도 싫었다. 장발에 턱
수염과 콧수염을 늘어뜨린 느긋한 사내들이, 사내들만! 거기 모여
있었다. 손에는 맥주 캔을 들거나 담배를 들고 있기도 했다! 심지어
한 사내는 맥주 캔과 담배를 양손에 하나씩 들고 있었다!

한 손에는 맥주 캔을! 한 손에는 담배를!

"끙."

봉씨는 신음을 흘렸다. 그가 아주 오래전에 잃어버렸던 사내의
일상이 거기 있었다. 사내의 일상의 즐거움과 만족이 거기 아직 살
아 있었다.

이제 두장짜리 더블 라이브 앨범의 네번째 면을 턴테이블에 올
려놓았다. 22분 40초짜리 「위핑 포스트」가 사내들만이 낼 수 있는
호쾌한 사운드에 실려 흘러나왔다. 미국 남부의 수염투성이 촌뜨기
들만이 낼 수 있는 느릿느릿한 블루스 록 사운드가 봉씨의 가슴을
쳤다. 그는 잿빛 수염에도 감탄했다. 정직하게 땅을 경작하는 농부
의 거친 영혼이 그들의 수염에서 느껴졌다. 바깥일을 하는, 가족을
먹여 살리는 가장의, 성숙한 사내의 영혼이 수염에 담겨 있었다.

"물곰이면 어때!"

올맨 브라더스는 정말 물곰처럼 느긋하게 연주하고 살다 간 로
커들이었다. 그들에게 물곰은 욕이 아니라 찬사였다.

봉씨는 '앳 필모어 이스트'를 두번이나 반복해 들었다. 그러고는
거실의 벽시계가 12시를 가리킬 때까지 기다렸다가, 그때까지 일층

과 이층의 침실에서 아무런 기척도 나지 않자 천천히 두 발을 끌고 현관문을 열고 나왔다. 그는 이웃들에게는 아무 일도 생기지 않았는지 궁금했다.

"헬로!"

자전거를 타고 지나가던 젠투펭귄이 날개를 손처럼 흔들며 봉씨에게 인사를 했다. 펭귄, 펭귄이라니… 하지만 여긴 호주였다.

"그렇지, 여긴 남극이 가깝지."

봉씨는 차고로 들어가 차에서 담배와 라이터를 꺼내 왔다. 아내가 실내 금연은 물론이고 집 안에 담뱃갑도 들이지 못하게 해서 늘 차 안에 넣어놓고 다니는 담배였다. 이것부터가 불만이었다. 아내가 있는 한 그는 사내구실을 할 수 없었다. 그는 현관 계단에 쪼그리고 앉아 담배를 꺼내 입에 물고 라이터를 당겼다.

그저 라이터 불을 켜는 것뿐인데도 네개의 다리가 한꺼번에 움직였다. 봉씨는 이게 무슨 일인가 하고 내려다보았다. 나머지 네개의 다리가 미끄러질까봐 겁내는 것처럼 층계를 꼭 붙들고 있었다.

"늦었어, 늦었다고!"

집 앞 도로에서 얼룩말 그림이 새겨진 커다란 베개 하나가 소리 지르며 뒤뚱뒤뚱 달려가고 있었다.

그다음으로는 커다란 하늘색 헤어드라이어가 애벌레처럼 꿈틀대며 도로를 가로질렀다.

"음."

봉씨는 볼트커터 같은 턱이 달린 아내와, 매끈한 가지로 변한 첫째 딸과, 통통한 양파로 변한 둘째 딸과 함께 가정을 이룬, 다리 여덟개 달린 굼뜬 완보동물 물곰 한마리에 대해 생각했다.

그중 다리 여덟개 물곰이 가장 생명이 질겼다. 1200년을 살고 물 없이도 10년을 살 수 있었다. 그 생각에 봉씨는 잠깐 행복했다. 하지만 어떤 생각도 물곰의 머릿속에서 찰나 이상은 지속되지 않았다.

봉씨의 가족은 서로의 꿈속에서 서로가 싫어하는 형상으로 변한 것만 같았다. 그는 물곰 가족의 영원한 가장 물곰이었다.

The Allman Brothers Band, At Fillmore East, 1971

〰️올맨 브라더스 밴드는 두에인 올맨^{Duane Allman}과 그레그 올 맨^{Gregg Allman}, 두 형제가 주축이었던 서던 록 밴드다. 서던 록은 블루 스 록 사운드에, 미국 백인들의 컨트리 음악을 더하고, 재즈에서와 같은 기나긴 즉흥연주와 합주를 이어 붙인 록을 말한다.「프리 버드 ^{Free Bird}」로 인기 있는 레너드 스키너드^{Lynyrd Skynyrd}도 서던 록 밴드로 불린다.

서던 록이 무엇인가 하는 설명은, 실제로 이들의 음악을 들어보 지 않으면 쓸모가 없다.

〰️그래서 올맨 브라더스 밴드의 앨범들을 들어보면, 언뜻 하나 의 '사운드 지도'가 그려진다. 지미 헨드릭스의 흑인 블루스 록이

나 에릭 클랩튼의 밴드 크림Cream의 백인 블루스 록에, 밥 딜런이 참여했던 더 밴드The Band의 컨트리 록 사운드를 더하고 나서, 마일스 데이비스 같은 모던재즈 뮤지션이 공연에서 선보이던 긴 즉흥연주를 더한 사운드다. 이제 끊어 읽어보자.

서던 록의 사운드 지도: 지미 헨드릭스나 에릭 클랩튼의 블루스 록＋밥 딜런과 더 밴드의 컨트리 록＋모던재즈의 즉흥연주.

🐾올맨 브라더스 밴드는 히트곡 하나 없이 록 음악의 전설이 됐다(그나마 대중성이 있는 곡은 두번째 앨범에 수록된 「미드나이트 라이더Midnight Rider」뿐이다).

'앳 필모어 이스트'는 요즘도 가끔 생각나면 듣는 앨범인데도, 귀에 쏙쏙 들어오는 멜로디나 리듬을 가진 곡이 하나도 없다. 그렇다면 연주 시간이 80분에 가까운 두장짜리 실황 앨범에 록 팬들은 왜 열광하는 걸까.

그 힘은 밴드가 어우러져 자아내는 사운드 전체. 바로 그 사운드의 열기, 조화, 온갖 음악적 요소들이 한데 어우러져 펼쳐내는 황홀하고 장대한 사운드의 총체성에 있지 않을까. 음악적 열반으로 이끄는.

🐾올맨 브라더스 밴드는 청중이 원하는 연주가 아닌 자신들이 원하는 연주를 했고, 청중이 들어주었으면 하는 연주를 했다. 그래도 그 시절에 그들은 받아들여졌다.

대중적인 멜로디나 리듬에 의존하지 않고도 세계적인 대스타가
될 수 있었던 시절이 록의 역사에 있었던 것이다.

버서커스 버스킹

우리는 마치 사나움이 우리의 본질인 양 질겅질겅 껌을 씹는다. 다이너마이트를 입에 넣고 씹는 성난 폭한들처럼 껌을 씹는다. 대테러 작전 차량인 '버서커'에 올라타기만 하면 우리는 거칠게 껌 한통을 뜯어 나누어 씹는다.

우리는 상남자 이상이다. 어떤 상남자도 우리보다 불량하게 껌을 씹을 수 없다.

버서커팀이 결성되었을 때 부대장이 못을 박았다.

"대한민국의 어떤 상남자도 너희보다 위에 있을 수 없다! 오직 나와 팀장만이 너희보다 상남자일 자격이 있다!"

우리는 이 나라에서 셋째가는 상남자들이다(첫째와 둘째는 부대장과 팀장이다). 우리는 코스트코에서 사온 슈거프리 껌을 씹어발

길 것처럼 씹는다.

오늘도 '버서커'는 먹이를 노리는 젊은 수컷 사자처럼 날래게 한 강을 건넜다.

"이번 주말에 도쿄에 갈 거야."

누군가 말했지만 다들 껌을 씹는 데 정신이 팔려 있었다.

"부도칸에서 슬레이어의 공연이 있거든."

슬레이어는 미국 LA 출신의 스래시 메탈 밴드다. 폭주족처럼 질주하는 연주와 그라인더로 갈아내는 것 같은 소음으로 1980~90년대 넘어 2000년대까지 휘어잡았다. 메탈 팬이라면 그들의 공연을 현장에서 보는 게 꿈일 정도였다.

하지만 다들 대꾸가 없었다. 없는 게 당연했다. 우리 버서커팀은 코앞에 닥친 일에 집중하는 훈련을 받았다. 몇끼쯤 굶은 젊은 사자들처럼, 우리는 껌을 씹는 일에 집중했다. 강북을 가로질러온 '버서커'는 종합운동장을 지나쳐 강남의 마천루 정글로 들어갔다. 우리는 또 정찰용 헬리콥터 차퍼팀과 영혼을 나눈 사이다. 우리 버서커팀은 사자고 차퍼팀은 독수리다. 차량 안에서도 우리 머리 위를 지켜주는 차퍼의 존재를 느낄 수 있다.

우리는 팀장의 선창에 따라 「멋진 상남자」를 불렀다. 팀 가다. 슬레이어의 1986년작 「에인절 오브 데스」를 개사한 노래다.

"우리는 멋진 상남자! (우-우!)

(더이상 멋질 수가 없어!)
우리는 생명 없이도 살아 있어! (우-우!)
(생명 따윈 없으면 어때!)
죽었으면서도 살아 있어! (우-우!)
(죽음 따윈 내 알 바 아냐!)"

마침내 '버서커'가 역삼동의 한 빌딩 지하주차장으로 들어갔다.
운전병이 주차장 입구에서 주차권을 끊는 동안 우리는 우! 우!
하고 기합을 넣은 다음 각자 장비를 챙겼다. 헬멧을 바싹 조이고,
각자 방패를 꺼내 무릎에 받쳐놓고, 전술조끼를 점검하고, 허리춤
의 진압봉을 단속하고, 쇠지레와 브리칭 톱을 챙겼다.
주차할 곳이 마땅찮아 운전병이 이리저리 '버서커'를 돌리고 있
는 동안, 우리는 실탄을 지급받아 돌격용 자동소총인 AR-15에 장
탄했다.
"준비됐나!"
팀장이 외쳤다. 팀장은 우리를 향한 어떤 말에도 물음표를 달지
않는다. 그는 물을 필요가 없는 지위에 있는 남자다. 한 팀원이 배
우자 출산휴가를 받기 위해 찾아갔을 때에도 그는 애는 잘 낳았나!
하고 느낌표를 붙였다. 팀장은 느낌표의 남자이고, 오직 부대장에
게만 물음표를 쓴다.
"고양이 귀 보고합니다."
뒷문이 열리더니 도청 요원이 고개를 들이밀었다.

"보고해!"

"예, 현재 꽃사슴은 스물다섯마리로 확인되었습니다."

"꽃사슴!"

원래는 "꽃사슴?" 하고 물어야 했지만 자기보다 계급이 낮은 도청 요원에게 팀장은 물음표를 쓸 수가 없었다.

"예, 현재 꽃사슴 일곱마리가 수영장에 들어가 있고 나머지는 차례를 기다리고 있습니다."

"무기는!"

"예, 주방에 식칼이 다섯, 포크와 젓가락이 다수, 준비실에 대걸레 둘 확인되었습니다."

팀장이 우리를 돌아봤다.

"젠장, 무기가 확인됐다! 박 경위가 우선적으로 처리한다!"

"예!" 박 경위가 가슴을 펴며 답했다. 도청 요원이 보고를 계속했다.

"방금 꽃사슴들이 샤토 탈보 두병을 땄고 이탈리아산 훈제 햄을 품평하고 있습니다."

"들어보자."

팀장이 말하자 도청 요원은 전술조끼에서 블루투스 포터블 스피커를 꺼내 틀었다. 여러 남자의 흥분한 목소리가 고음질로 흘러나왔다. 도청 마이크가 성능이 좋아서 헬멧을 쓴 우리의 귀에도 또렷이 들렸다.

"네 거는 좀 딱딱해."

"그렇지 않아, 한번 찔러봐."

"딱딱한데?"

"딱딱한 거보다 굵은 게 문제라고."

"그래?"

"그래!"

"흠."

"향은 좋은걸."

"좋다고?"

"맡아봐."

"웩!"

"윽!"

"하하."

"호호."

"크크."

"얼마나 길고 딱딱한지 다른 용도로 써도 좋을 정도야."

"어떤 용도?"

"리듬체조 곤봉 연기?"

"이제 좀 달아오른 것 같은데 넣어볼까?"

"먼저 기름을 둘러야지."

"비싼 기름이네."

"어디에 써도 안성맞춤인 기름이야."

"이 기름만 있으면 굵기 따윈 문제가 안 돼."

우리는 잠시 말을 잊었다. 우리는 머릿속이 간지러웠다. 평소엔 거의 쓰지 않던 상상력의 근육이 달싹거리기 시작해서였다. 잘 닦인 헬멧들 위로 물음표가 두어개씩 떠올랐다.

도청 요원이 돌아가자 팀장이 진압봉을 뽑아 방패를 두들겼다.

"우! 우! 우리의 두랄루민 방패는 꽃사슴의 어떤 공격에도 물러지지 않을 것이다."

"우! 우!" 우리는 기합을 넣었다.

"버서커팀, 준비됐나!"

"네!"

"가자!" 팀장이 뒷문을 활짝 열고 뛰어내렸다.

지하주차장에는 구경꾼들이 모여들어 있었다.

형광 띠를 두른 주차요원들이 맨 앞에 나와 있었다. 책임자 같은 사람이 무슨 일이냐고 물었다. 팀장이 방패로 밀어내는 시늉을 했다.

"어허, 우리가 당신 같은 사람하고 얘기하려고 온 게 아냐."

순찰 차량 석대가 우리를 찾아 내려왔다. 일선 경찰서의 지원이었다. 빌딩 외곽을 선회하고 있을 차퍼의 사자후도 들려왔다.

우리 '버서커'팀 아홉명, 지구대 경찰 아홉명이 구보 대형으로 모여 섰다. 당연히 우리 팀이 앞장섰다. 팀장이 구경꾼들쯤은 아랑곳없이 진압봉으로 방패를 두들겼다.

"우! 우! 우리는 멋진 상남자!" 팀장의 선창에 우리가 복창했다.

지구대 경찰들은 영문을 몰라 했다. 당연했다, 이번 작전은 철저히 비밀에 부쳐졌다!

우리는 북적거리는 구경꾼들을 헤치고 엘리베이터를 향해 달렸다.

자동소총에 방패로 중무장한 탓에, 엘리베이터는 여섯명만 타도 삐삐 경고음을 울리고 움직이지 않았다. 지하주차장에 엘리베이터가 두대 더 있었지만 포장이사팀 두 팀이 쓰고 있었다. 손이 없는 공휴일이라 들고나는 사무실이 많다고 했다.

"우리 버서커팀이 포장이사팀 따위를 상대하고 있을 순 없다!"

팀장의 판단력은 정확하고 빨랐고 늘 그랬듯 전술적이었다.

우리는 주저 않고 팀을 다섯명씩 넷으로 나눴다. 그러고는 남은 엘리베이터 한대 앞에 길게 줄을 섰다. 먼저 다섯이 올라가고 다시 다섯이 올라가고 기다렸다가 또 다섯이 올라가고⋯

25층에 도달하자, 우리를 기다리는 차퍼의 사자후에 유리창이 진동하는 것이 느껴졌다.

우리는 경고 없이 빌딩 25층 펜트하우스의 문을 뜯고 들어갔다. 쇠지레로 문을 뜯자 안쪽에 문이 또 하나 나타났다. 인터폰에서는 계속 우리의 정체를 묻는 애타는 목소리가 들려왔지만 우리의 임무는 극비였다. 우리는 침묵 속에서 안쪽 문을 브리칭 톱까지 동원해 간신히 뚫었다.

"무슨 일이시죠?"

중년 남자가 우리를 맞았다. 한 손엔 와인 잔을, 다른 손엔 치즈가 얹힌 크래커를 들고 있었다. 하와이안 셔츠에 게스 핫팬츠 차림이었다.

"닥쳐!"

박 경위가 달려들어 남자의 어깨를 잡고 돌려세웠다. 핫팬츠 아래에서 엉덩이 밑살이 출렁거렸다. 안쪽 무대에서 은은한 뉴에이지 풍의 피아노 연주가 흘러나오다 뚝 끊겼다. 우리는 뉴에이지가 음악이기나 한지 의문을 갖고 있다. 적어도 상남자를 위한 음악은 아니다.

우리가 쓰는 내무반보다 다섯배는 넓을 거실에, 헐벗은 남자들만 열댓 모여 있었다. 아직 십대로밖엔 보이지 않는 남자애들도 몇 보였다.

"포크와 젓가락을 압수한다!" 박 경위가 기합을 넣으며 거실 중앙에 설치된 원형 바를 시계방향으로 한바퀴 훑었다.

"주방은 어디 있나!" 한 남자가 게슴츠레한 눈으로 거실에 이어진 복도를 가리키자 박 경위가 달려갔다.

방들을 수색하던 팀원들이 침대 시트를 밀가루 튀김옷처럼 몸에 두른 남자 일곱명을 끌고 나왔다. 우리는 대경실색한 꽃사슴들을 거실 한쪽 구석에 몰아넣었다. 드레스 셔츠에 보타이만 맨 늙은 남자가 저항을 하다가 이마가 찢어졌다. 거실 곳곳에 쏟아진 와인 냄새와 구운 햄과 녹은 치즈 냄새가 진동을 했다.

"헬리콥터가 저렇게 돌고 있는데 우리가 올 줄 몰랐다고!"

팀장이 헬멧을 벗으며 혀를 찼다.

"무기류 압수 완료!"

보고하는 박 경위의 양손에는 식칼과 포크와 젓가락들이 가득

담긴 커다란 타월이 들렸고, 왼 겨드랑이에는 대걸레 자루가 두개 끼워져 있었다.

"이게 무슨 행팹니까?"

용기 있는 대머리 중늙은이가 벌떡 일어나 삿대질을 했다. 중늙은이의 손가락이 팀장을 가리키자마자 최 경사가 달려들어 진압봉으로 손가락을 후려쳤다. 거실은 헐벗은 꽃사슴들의 비명으로 아수라장이 됐다.

"행패가 아냐." 소란이 잦아들자 팀장이 근엄하게 중얼거렸다.

"진압이지."

"뭐요? 진압?"

"뭐, 이따위로 안 귀여운 꽃사슴들이 다 있지?"

"꽃사슴이라니, 무슨 개소리야?"

그러자 다시 최 경사가 달려들어 개소리라고 한 젊은 친구의 입을 진압봉으로 후려갈겼다.

"야, 우리 말 좀 곱게 쓰자!"

젊은 친구의 가슴팍이 피로 물드는 동안 팀장은 품평을 계속했다.

"정말 귀여움에 장애가 있는 놈들이군!" 팀장은 우월감에 사로잡혀 큰 소리로 혀를 찼다. "그러고도 응응이 되냐! 너희는 꽃사슴도 아냐!"

작전은 성공했다. 검거 25명에 우리 측 부상자 0명. 최 경사는 꽃사슴의 더러운 삿대질로부터 팀장을 보호한 공로로 하루 더 휴가를 받아 도쿄에 사흘을 머무를 수 있었다. 그는 지난 시대 록 신을 지배한 진정한 버서커들이었던 슬레이어의 도쿄 공연을 이틀 연속으로 봤다.

슬레이어가 1986년에 내놓은 '레인 인 블러드' 앨범에는 지난주에 우리가 성공적으로 수행한 작전을 예언한 듯한 곡이 실려 있다. 명곡 「에피데믹」에서 슬레이어는 응응하는 꽃사슴들에 대해 노래한다. 난잡한 단어를 차마 가사에 쓸 수 없어 그들도 우리처럼 '응응'이라고 표기했다.

슬레이어가 어느 편인지는 가사를 아무리 읽어봐도 우리의 영어 독해력으로는 파악할 수가 없다. 하지만 곡의 클라이맥스를 지배하는 기타리프는 확실히 우리 '버서커'팀을 위한 것이다. 한박자씩 뒤로 끌어당기면서 긴장감을 한겹씩 쌓아가는 템포에서는 공포영화의 서스펜스까지 느껴진다. 작전 성공 직전의 우리 심경을 정밀하게 묘사한 리프다. 강북에서 강남으로 서울을 가로지르며 질주하는 '버서커'의 느낌으로 곡을 쓴 게 분명하다.

케리 킹과 제프 한네만은 마음속 깊이 상남자를 이해하는 진정한 기타 영웅들이다. 슬레이어의 두 기타 영웅이 우리를 응원하기 위해 과거에서 속사포 기타 연주를 쏘아댄다.

물론 세상에는 응응은 하지도 않으면서 꽃사슴들에 감정이입을 하는 놈들이 있다. 그런 놈들이 오늘 아침부터 방송에 나와, 우리가

슬레이어의 케리 킹과 제프 한네만

동성애자 몇놈을 잡으려고 불법도청에 헬리콥터까지 동원하고 예산을 3억 2천만원이나 썼다고 욕설을 퍼부었다.

너희가 왜 꽃사슴 편을 드냐고 우리는 묻고 싶다. 꽃사슴들은 가꾸기나 하지. 꽃사슴들도, 자기관리가 엉망이라고 너희를 싫어할 거다.

우리는 두번째 꽃사슴 작전의 세부계획을 세우기 시작했다. 우리가 곧 너희를 찾아가 엿을 먹여줄게. 다시 한번 우리 상남자들이 엉덩이를 들썩이며 버스킹을 해줄게.

창밖에선 차퍼가 사자후를 지르고, 너희 눈앞에선 우리 버서커들이 버스킹을 할 거라고.

Slayer, Reign in Blood, 1986

◦슬레이어의 '레인 인 블러드' 앨범은 오랫동안 시디로만 듣다가 2017년에 이탈리아 로마의 한 레코드점에서 엘피로 구했다. 이 엘피는 곧장 (닳을까봐) 기분을 내고 싶을 때만 아껴 듣는 애장품이 되었다.

나는 슬레이어의 초기 앨범들을 엘피와 시디 버전 모두 갖고 있다. 외국에 나갈 형편이 되지 않았던 가난한 록 팬에게 이들의 엘피는, 아주 오랜 세월 명동과 청계천의 중고 레코드점을 헤매게 했던 희귀 아이템이었다.

◦슬레이어의 사운드에는 말랑말랑함이나 유연함, 상업적인 타협, 위트와 유머 같은 요소들이 완전히 배제되어 있다. 오로지 금속

성의 육중함, 고속의 스피디한 연주, 난폭하게 날뛰는 에너지, 공격적이고 파괴적인 리듬, 쇳소리 나는 보컬로만 사운드를 채웠는데, 이런 록 음악을 스래시 메탈Thrash Metal이라고 부른다.

'레인 인 블러드'는 그 스래시 메탈의 정점이자 교과서로 늘 거론된다.

꽃슬레이어는 스래시 메탈 밴드 가운데에서도 항상 극단적인 사운드를 추구했다. 앤스랙스Anthrax의 흥겨움이나 메가데스Megadeth의 냉소나 메탈리카Metallica의 서정성 같은 타협적인 면모는 보여주지 않았다. 이런 극단의 선택이 오히려 그들을 돋보이게 했고 인기를 유지시키는 요인이 됐다.

꽃스래시 메탈에는 레미 킬미스터의 모터헤드 같은 몇몇 선배 밴드가 있지만, 그 사운드를 완성한 건 앤스랙스, 메가데스, 슬레이어, 메탈리카였다. 이 네 밴드는 비슷하게 데뷔해서(1980년대 초반) 비슷하게 큰 인기를 끌었고, 명성을 얻고 부자가 되었으며, 시대의 흐름에 따라 비슷하게 늙고 저물어갔다.

이들이 과격한 사운드에도 불구하고 세계적인 인기를 끌 수 있었던 건, 그럼에도 이들의 연주가 세련되고 고급스럽고 우아하고, 아무나 흉내 낼 수 없을 만큼 전문적이기 때문이었다.

꽃앤스랙스, 메가데스, 슬레이어, 메탈리카, 이 넷을 흔히 스래시 메탈의 사대천왕이라고 하는데, 이들이 어느날 한자리에 모여 대규모 합동공연을 펼쳤다. 꼭 스래시 메탈 팬이 아니더라도 이 시끄럽고 정신없는 록 공연을 영상으로 기록한 「더 빅 포The Big Four: Live from Sophia, Bulgaria」를 보시기 바란다.

한 시대에 가장 독창적이었던 록 스타들이, 자신의 젊음을 원 없이 소비하고 남은 늙은 몸뚱이로 지나간 삶을 불멸로 만든다.

✎슬레이어는 사정없이, 시종일관 밀어붙이는 연주로 록 팬들을 무아지경으로 몰고 가곤 했다. 이런 시도는 대부분의 록 밴드들이 시도했고 여전히 시도하고 있지만, 슬레이어만큼 성공적으로 수행한 밴드는 다시 없었다.

멍크의 음악

멍크는 매일 오후 5시쯤에 야외 무도장으로 스승을 데리러 나갔다. 스승은 그곳에서 무료한 오후 시간을 보냈다. 주로 춤을 췄지만 드물게는 피아노 앞에 앉아 건반을 두들기고 페달을 밟았다.

'멍크'는 스승이 붙여준 별명이었다. 갓 대학을 졸업한 놈이 그렇게 맹렬하게 머리카락이 빠지다가는 서른도 되기 전에 수도승같이 대머리가 되리라는 의미라고 했다. 그는 반론을 폈다. 원형탈모는 헬조선에 사는 젊은이들에게는 마치 옵션과도 같은 증상이므로 놀림거리로 삼아서는 안 되며, 또 어떤 수도승을 말씀하시는지 모르겠지만 수도승들이 다 대머리일 리는 없다고 했다. 반론이 끝나자 스승은 언제나처럼 인자한 미소를 지어 보였다.

멍크는 별명의 의미를 한 계절이나 묵상한 끝에, '멍크'가 재즈

피아니스트들의 영웅인 텔로니어스 멍크를 가리킬 수도 있다는 결론을 내렸다. 세계의 재즈인들은 멍크가 1957년 뉴욕에서 녹음한 '멍크스 뮤직'을 결코 잊지 못하고, 믿고 받들기까지 한다. 스승과 멍크 역시 그 엄청난 음반을 수천번이나 들었다.

이제 스승은 가고 스승이 붙여준 별명만 남았다. 스승의 예언도 남았다. 서른살이 넘자마자 멍크의 머리는 커다란 볼드체 M자 모양으로 빠져버렸다. 한때 헬조선의 낙인과도 같았던 정수리의 원형 탈모 자국도 지워지지 않는 흉터로 남았다. 조만간 중국 옛 청나라의 만주족들처럼 변발을 땋을 수도 있으리라.

멍크는 '멍크'라는 이름으로 피아노를 연주한다. 저녁이면 클럽이나 레스토랑의 무대에 올라 거슈윈이나 웨버의 뮤지컬 히트송들을 연주한다. 그는 그런 곳에서는 **멍크의 음악**을 연주하지 않는다.

술집에도 불려가고 강남 테헤란로의 한 금융회사 빌딩의 로비에서는 5년째 피아노를 연주하고 있다. 그런 곳에서도 **멍크의 음악**은 연주하지 않는다.

밤늦게 연주를 마치면 근처 술집으로 걸어가 새벽까지 술을 마신다. 멍크가 연주하는 곳의 술값은 그가 받는 연주비로는 어림도 없어서 싼 술집을 찾는다. 주말이면 결혼식장에도 불려간다.

때로는 먼 신혼여행길에도 따라가 신혼부부의 살아 있는 병풍음악 역할을 하기도 한다. 팁이 많아서 멍크는 신혼여행 병풍음악 일을 좋아한다. 그럴 때는 어깨에 멜 수 있는 신시사이저나 색소폰,

클라리넷을 가져간다. 그가 하는 일은, 신혼부부가 푸껫의 해변에서 일광욕을 하거나 융프라우에서 트래킹을 할 때 한발짝 뒤로 물러서서 음악이 흘러나오는 살아 있는 병풍이 되어주는 일이다. 신청곡도 받는다. 그는 자존심을 꺾고 이적이나 아이유의 곡을 연주하기도 한다. 그는 신혼부부 앞에서도 **멍크의 음악**을 연주하지 않는다.

멍크는 새벽까지 술을 마시다 4, 5시쯤에 작업실에 돌아와 곯아떨어진다. 노동은 고된 것이다. 그리고 눈을 비비며 오후 1시쯤 일어나 2시나 3시쯤 아침을 먹고 5시쯤 다시 연주를 하러 나간다. 그러고 밤 11시나 12시쯤 연주가 끝나면 다시 근처의 싼 술집을 찾아 나선다.

멍크는 나름대로 규칙적인 생활을 한다. 자기를 위한 시간도 있다. 아침 식사를 마치고 저녁 일을 나서기 전 그 짧은 시간 동안, 그는 헤드폰을 쓰고 전자피아노 앞에 앉아 **멍크의 음악**을 작곡하고 다듬는다. 그리고 일이 없는 날이면 악기를 챙겨 버스킹을 하러 나선다.

대머리 수도승이 되도록 멍크는 이 일상을 반복했다. 정말 오랫동안. 그리고 그는 거절당할 줄 뻔히 알면서도, 음반기획사들의 문을 두드리는 일을 그만두지 않는다. 그는 노크를 하고 문을 열고 들어가 데모테이프를 건네준다. 데모테이프를 매번 거절하는 어떤 직원은 너무 오래 봐서 친구처럼 느껴지기도 한다. 한 친구는 사환일 때 만나서 어엿한 독립음반사의 대표로 다시 만나기도 했다. 물론 그렇다고 해서 그 친구들이 그의 데모테이프를 거절하지 않는 것은 아니다.

낭패감이라는 악몽에 매일 밤 시달리지만 멍크는 포기하지 않는다. 스승은 "삶을 작동하게 만들어라"라고 하셨다. 그에게 삶의 작동이란 멍크의 음악을 완성하고 데모테이프를 만드는 일이다.

"네, 그러기는 쉽지 않죠." 한 기획사의 프로듀서가 말했다.

"뭐가요?"

"작동되게 하는 거요." 프로듀서는 멍크의 얼굴을 빤히 들여다보았다.

프로듀서는 시디플레이어에 시디를 집어넣고 플레이 버튼을 눌렀다. 그와 멍크는 스피커에서 울려나오는 그윽하고 달콤한 현악사중주를 한시간가량 들었다. 시디가 끝나자 그는 다른 시디를 집어넣었다.

"제 데모는요?"

"예?"

"데모."

"아, 예." 프로듀서는 그냥 음악이나 듣자고요, 하는 표정으로 멍크를 바라보며 달곰쌉쌀한 관현악단 연주를 또 한시간가량 들었다. 그는 이렇게 에둘러 표현하지, 대놓고 거절하지는 않는다.

대개는 거절할 때 잔소리를 실컷 늘어놓는다. 어떤 잔소리는 짜증만 난다.

"조잡해요."

"네?"

"조잡하다고요. 1번 트랙이 조잡하고 3번 트랙도 그만큼 조잡하고 6번은 상당히 조잡해요."

그러고도 멍크가 자리에서 엉덩이를 떼고 일어서지 않으면 잔소리는 장마철 반지하방 곰팡이처럼 온갖 곳으로 번져간다. 멍크의 운동화가 조잡하고 운동화 끈 묶은 게 조잡하고 물 빠진 청바지가 조잡하고 인조가죽 벨트가 조잡하고, 멍크의 지난 사랑이 남겨놓고 간 은반지가 조잡하고 꽁지머리 묶은 스타일이 조잡하고… 그는 영혼까지 조잡하다는 소리를 듣고 나서야 겨우 엉덩이를 들고 꺼져준다.

거절의 말들은 모호해서 알아듣기 힘들다.

영원히 안 끝났으면 좋겠다 싶은 **절대적인 음악**을 머릿속에 저장해놓고 산다는 음반기획자를 만난 적도 있다.

"제 머릿속에선 절대적으로 좋은 음악이 스물네시간 흘러나와요. 언제든 듣고 싶을 때 듣고, 또 원한다면 잠시 꺼놓을 수도 있지요."

멍크는 기획자의 머릿속에서 분당 33회전으로 턴테이블이 돌고 있는 상상을 했다.

"하지만 멍크 씨의 이 데모는 아니에요. 제 머릿속 **절대적인 음악**이 아니라고 하네요."

"그 음악이 말도 해요?"

"**절대적인 음악**의 기준에 맞지 않는다는 얘기예요." 기획자가 정색하고 말했다.

"그 기준을 좀 들어볼 수 있을까요?"

"안 돼요, 기준이 뭔지 겉으로 표현하기는 어려워요. 하지만 데모 테이프를 듣는 순간 알게 되는 게 있어요."

"세상에, 절 놀리는 거군요."

"전혀요. 제 머릿속의 절대적인 음악은 일종의 진단 시약 같아서, 기준에 어긋나는 형편없는 음악을 한방울 떨어뜨리면 부글부글 끓고 색깔이 변하고 화를 내지요."

스승은 언젠가 '자신이 너무 똑똑해서 세계를 운영할 자격이 있다고 생각하는 자들'이 있다고 충고했다.

"그런 자들은 세계에 중심이 있어야 한다고 믿고 자꾸 중심을 세우려 들지. 그리고 그 중심에 맞춰 세계의 질서를 세우려 드는 거야."

"대체 어떤 사람들일까요?" 멍크는 얼굴을 붉혔다.

"주로 남자들이지." 스승은 그를 물끄러미 쳐다봤다. "'중심'과 '질서'에 공통되게 '세운다'라는 동사가 붙잖아."

"밤낮으로 뭘 자꾸 세우려고 덤비는 사람들이 누구겠니? 남자들이지." 스승은 속삭이듯 목소리를 낮췄다. "그리고 어쩌다 중심에서 소외되면, 이번엔 중심을 통째로 부정하고 혁명을 일으키자고 부르짖지."

스승은 다정스레 멍크, 하고 불렀다.

"그런 사람들은 멍크의 음악을 싫어할 거야."

스승의 말은 틀리지 않았다. 데모테이프를 건네줘도 대개는 무반응이다. 데모테이프를 듣기나 했을까? 들었다면 끝까지 들었을까? 어쩌다 듣게 되는 의견들도 죄 이 모양이다.

"멍크님이 가져온 이 음표들을 좀 보세요. 촉촉하지가 않잖아요. 우린 촉촉한 음표들을 원해요."

어떻게 음표를 촉촉하게 만들지? 물뿌리개로 물이라도 뿌릴까.

"듣고 나도 가슴이 먹먹해지지가 않네요. 가슴에 멍 자국을 남기지 않는 음악이 음악일 수 있는지 생각해보자고요."

음악이 주먹인가, 멍 자국을 남기게.

"음표의 콩나물 대가리가 동그랗지가 않잖아요. 모난 건 싫어요. 더 동그란 걸 가져와보세요. 당장은 말고요."

똑같은 악보를 보고 어떤 엔지니어는 콩나물 대가리 대신 꼬리를 트집 잡았다.

"음표의 꼬리 좀 보세요. 기울기가 너무 급진적이잖아요. 우리 세션맨들 성향하고는 맞지 않아요."

어떤 프로듀서는 멍크에게 사회적 책임감을 요구했다.

"재즈 팬들을 올바른 방향으로 이끌어야 하지 않겠어요. 도입부의 아르페지오가 마르크스의 사상을 반영하도록 해보세요."

하지만 멍크에겐 책을 읽을 시간이 없었다.

"음악이 보험도 아닌데 무슨 책임을 져요?"

"일단 노동자의 삶을 그려보세요."

"내가 노동자예요."

하지만 똑같은 곡을 두고 또 다른 누군가는 경과부의 이분음표와 온음표가 불온하다고 질색을 했다.

"순수한 걸 가져와보세요!"

어떤 프로듀서는 멍크의 음악에 쓰인 불규칙 강세가 위생적으로 불결하다고 지적했다.

또 어떤 엔지니어는 오선지가 시시하다고 퇴짜를 놓았다.

또 다른 프로듀서는 멍크의 음악에 쓰인 스타카토가 더이상 귀엽지 않다며 고개를 저었다. 콕 짚어 2악장의 다섯번째 마디가 귀엽지 않다고 했다.

또 어떤 기획자는 멍크의 음악에 쓰인 화성에서 스피노자의 철학이 느껴지길 바랐다.

하지만 멍크가 듣는 가장 나쁜 거절 의견은 "그냥 버스킹이나 하시죠"다. 그는 이미 충분할 정도로 버스킹을 하고 있었다. 그는 화를 낼 수도 있지만 참고 만다. 네 놈이 버스킹에 대해 뭘 안다고…

그러고 보니 스승도 멍크의 음악을 백 퍼센트 지지하지는 않았던 것 같다.

"이런 멍크, 이 음악들은 물로 만든 못처럼 쓸데가 없구나."

단 한 말씀뿐이었지만 아무리 묵상을 해봐도 말씀의 의도를 알수가 없어 멍크는 우울해진다.

이젠 스승에 대한 기억도 희미해졌다. 그만큼 긴 시간이 흘렀다. 하지만 아직도 스승의 목소리만은 멍크의 영혼 속에 살아남아 다정스레 잔소리를 늘어놓는다. 오늘도 그는 스승의 한 말씀을 듣기 위해 야외 무도장을 찾는다.

야외 무도장은 아파트 서편 단지에 있다. 고대 그리스 파르테논 신전의 폐허를 흉내 낸 것으로, 작고 가늘게 축소된 인조 대리석 기둥들이 긴장감 없이 여기저기 흩어져 있다. 기둥들 사이에서 노인들이 부둥켜안고 왈츠를 춘다. 요한 슈트라우스의 왈츠곡이 무도장 이쪽에서 저쪽으로 넘실댄다.

노인들은 잿빛 머리도 있고 흑발도 있지만 대체로 백발이고, 저물녘 아래서 쇠약하게 빛난다. 스승의 백발도 쇠약하면서 우아하게 빛났다. 젊음의 독기가 빠져나가 탈색된 흰 얼굴들이 살살 스텝을 밟고 있다.

멍크는 이곳에서 주로 버스킹을 한다. 스승을 위해, 자기를 위해, 또 노인들을 위해 멍크의 음악을 연주한다. 가는귀가 먹은 노인들은 어쩐지 멍크의 음악을 좋아해주는 것만 같다.

삶의 마지막 순간에 스승은 더이상 다정하게 멍크, 하고 부르지 않았다. 말년까지 남은 스승의 유일한 불평은 "에디슨은 뭐하러 전구 따위를 발명해가지고…"였다.

스승의 말년에선 새근새근 잠든 어린아이의 숨소리가 났다. 스승은 부드러웠고 칭얼거릴 뿐 결코 분노한 성인의 파괴력은 내뿜지 않았다. 멍크는 자신의 말년도 그렇게 되길 진심으로 바란다.

Thelonious Monk, Monk's Music, 1957

─────

  다큐멘터리「텔로니어스 멍크Thelonious Monk」에는 멍크와 함께 활동했던 찰리 라우스Charlie Rouse(테너 색소폰)의 이런 증언이 나온다. "비밥Bebop이란 이상한 단어예요. 한데 어느날 재즈가 변하자 그렇게들 불렀죠."

  텔로니어스 멍크의 음악을 말할 때 따라다니는 장르가 비밥, 혹은 밥 재즈다. 비밥? ('재즈'의 어원이 그렇듯) 비밥의 어원도 불분명하고 어쩌다 나온 말이고, 한두줄로 정의할 수 없다.

  애초에 문자언어로 이뤄지지 않은 예술 장르들은 비밥 재즈처럼 말로 '정확히' 정의 내리기가 어렵다. 미술에서 매너리즘은 정확히 무엇이고, 클래식에서 낭만주의란 정확히 무엇일까. 이런 물음에 주어지는 답은 대개 말이 아니라 특정 작가의 작품들이다.

　말로 된 비밥 재즈의 정의는 대개 장황한 설명이고 이해를 더 복잡하게 만들기 일쑤지만, 간단히 텔로니어스 멍크의 '멍크스 뮤직'을 들려주면서 "이게 밥 재즈예요" 하면 나무랄 데 없는 답변이 된다.

　✑왜냐하면 비밥 재즈가 어딘가에 선험적으로 존재하는 기준이나 이론, 이상이 아니기 때문이다. 텔로니어스 멍크의 연주가 비밥 재즈다.

　텔로니어스 멍크는 애초에 비밥 재즈를 낳은 연주자 중 하나였다. 비밥 재즈는 1940년대 피아노의 멍크, 알토색소폰의 찰리 파커 Charlie Parker, 트럼펫의 디지 길레스피 Dizzy Gillespie 등이 시도했던 새로운 형식의 재즈였다.

　비밥 재즈는, 유럽의 댄스 음악에서 영향을 받은 이전 재즈와는 완전히 다른 재즈도 가능하다는 사실을 재즈 팬들에게 일깨웠다.

　✑비밥 재즈를 들으면서는 도저히 춤을 추거나 어깨를 들썩일 수 없었다. 비밥은 감상용 재즈의 시작이었다. 객석에 가만히 앉아 숨을 죽이고 곡의 전개에 집중해야 하는 모던 재즈의 출발점이었다.

　✑내가 어렸을 때, 갓 취업을 한 누나를 졸라 애틀랜틱 레코드사

에서 나온 열두장짜리 재즈 엘피 세트(당시 오아시스에서 라이선스로 발매)를 샀다. 이 세트에는 1920년대 초창기부터 그때까지의 재즈의 세부 장르들이 알기 쉽게 정리되어 실려 있다.

이 열두장 세트 중에, 드라마나 영화에서 뮤지션들이 반짝이는 의상을 입고 나와 색소폰을 흔들며 연주하는 춤곡풍의 재즈는 '뉴올리언스 재즈'나 '캔자스시티 재즈' 정도다.

나머지 대개는 베토벤이나 슈만의 클래식 음악처럼 훌륭한 감상용 음악들로 채워져 있다. 그 하나가 '비밥'이고, 그뒤로 비밥으로부터 시작된 모던 재즈의 갈래들이 줄을 잇는다. '포스트 밥' '아방가르드' '퓨전' 등등.

🐦비밥 재즈 탄생의 순간은, 노예로 미국으로 건너온 흑인들의 음악이 마침내 예술의 경지로 올라선 순간이었다.

🐦비밥의 또 다른 창시자 찰리 파커의 일생을 다룬 클린트 이스트우드 Clint Eastwood 감독의 「버드 Bird」에는 이런 장면이 나온다. 비밥 재즈가 가사가 전혀 없는 연주음악임에도 "청소년들에게 나쁜 영향을 미친다"면서 예정되었던 라디오 방송 출연이 취소되고 파커는 당혹스러워한다. 비밥이 워낙 낯설고 새로워 관객을 얻기도 힘들었고, 어떤 공연은 아예 관객이 들지 않아 취소되기도 한다.

🐦「버드」나 다큐멘터리 「텔로니어스 멍크」를 봐도 알 수 있듯

이, 예술의 발전은 대중적 인기나 밀리언셀러로 이뤄지지 않는다. 예술의 발전은 혁신적인 예술가의 등장으로 이뤄진다. 그들 혁신적인 예술가들은 처음엔 배척받고 실의에 빠져 찰리 파커처럼 약물중독이 되거나 멍크처럼 정신에 이상이 오기도 하지만, 결국 그들의 유산은 잊히지 않는 예술이 되어 인류의 곁에 오래 머문다.

한밤의 협객 열차

철이는 생애 두번째 가출을 했다. 첫번째 가출은 고등학생 때였다. 뛰쳐나갔다가 딱히 집을 나갈 이유를 찾지 못해 하루인가 이틀 만에 집에 돌아왔다. 그때 그가 탔던 열차가 동해안을 따라 달리는 협궤 열차였다.

이번 두번째 가출도 딱히 이유가 있는 건 아니었다. 집주인이 전세를 월세로 돌린다고 월 80만원씩 내놓으라고 요구했지만, 그는 어른이었고 1인 가구의 가장이었고 따라서 가출해서 해결될 문제는 아니었다.

심란해진 철이는 서울역으로 가 충동적으로 남쪽 가장 멀리까지 가는 열차에 올라타서는 창문에 머리를 기대고 잠들었다.

그러고 방금 깨어났는데 여기, 협객 열차에 타고 있었다.

협객 열차다. 철이는 눈을 뜨자마자 맞은편 사내에게 여기가 어디냐고 묻고는 협궤 열차라고 잘못 알아들었다. 하지만 협궤 열차라고 하기에는 좌석의 폭이 너무 넓었고, 나무 벤치가 아니었다. 벽에서 바깥 찬바람이 새어 들지도 않았다.

철이는 창밖을 봤다. 창밖은 암흑뿐이었다. 그는 머릿속 안개가 걷히길 기다렸다가 맞은편에 앉은 사내에게 협객 열차가 뭐냐고 물었다. 쥐색 트렌치코트를 걸친 사내는 "협객들이 타는 열차지. 협객들만 타는 열차야" 하고 우물거렸다. 1986년의 「영웅본색」에 나왔던 주윤발을 꼭 닮은 사내였다. 질겅질겅 성냥개비를 씹는 것까지 똑같았다.

철이는 협객이라는 낯선 단어의 뜻을 알아보려고 휴대전화를 찾았지만, 걸치고 있는 갈색 판초에 그런 물건은 들어 있지 않았다. 그는 서둘러 이곳저곳을 뒤져보다, 애초에 자기가 판초 따위는 걸치고 있지 않았다는 사실을 깨달았다.

놀란 철이를 더 놀라게 한 건, 챙이 넓은 멕시코 모자 솜브레로를 머리에 쓰고 있다는 사실이었다.

"뭘 찾나?"

옆에 앉은, 클린트 이스트우드를 똑 닮은 사내가 매캐한 목소리로 물었다. 스크린에서 오려다 앉혀놓은 것처럼 1964년 「황야의 무법자」에 나왔던 '이름 없는 자'와 똑같이 생긴 사내였다. 그도 판초를 두르고 카우보이 모자를 쓰고 있어서, 그와 철이는 국경 어디쯤에서 열차를 잘못 탄 형제처럼 보일 것이 틀림없었다. 아니면 쫓기는 멕시코 갱과 쫓는 카우보이 현상금 사냥꾼 같은 사이든가. 아무튼 다행히도 누구도 둘을 보고 웃지 않았다.

철이는 허둥대며 화제를 돌렸다.

"제가 정말 몰라서 그러는데요, 협객이 뭔가요?"

"의리에 죽고 사는 남자들이지."

때가 탄 흰 러닝셔츠 차림의 브루스 윌리스를 닮은 사내가 말했다. 정말 1988년 「다이하드」에 나왔던 존 매클레인을 빼쏜 생김새였다.

"주로 세상을 구하는 일을 해."

이번에는 복도 쪽 자리에 앉아 잘 보이지 않았던 맷 데이먼을 닮은 사내가 말했다. 그는 두말할 것 없이 2002년 「본 아이덴티티」에 나왔던 평범한 스웨터 차림의 제이슨 본 그 자체였다.

"우리는 늘 우리를 믿으라고 하지. 정작 우리가 우리를 믿느냐 하는 건 다른 얘기지만 말이야. 하하."

주윤발 옆에 앉은 덩치가 객차가 떠나가라 큰 소리로 어색하게 웃었다. 그는 1991년 「터미네이터2」에서 가죽점퍼를 걸친 T-800으로 나왔던 그 아널드 슈워제너거였다. 철이는 정신을 차릴 수가 없었다.

"당신은 불가능한 임무만 맡는다는 이선 헌트, 맞나요?"

철이가 맞은편 좌석의 통로 쪽에 앉은 검은 반팔 티셔츠의 사내에게 물었다. 그는 1996년 「미션 임파서블」에서 봤던 톰 크루즈였다. 얼마나 닮았는지 그가 톰 크루즈가 아니라면 누가 톰 크루즈일 수 있을지 의문일 정도였다.

"꼬맹이, 내 이름을 함부로 지껄이지 마." 톰 크루즈가 다부진 목소리로 속삭였다.

철이는 한참 숙고하다가, 이 괴상한 이름의 열차며 옆에 앉은 액션스타들이 그저 자신의 꿈이 지어낸 농담 아니겠냐는 결론을 내렸다. 농담이라면, 농담으로 받아쳐야 한다.

"껄껄."

평소 웃을 일이 없었던 철이는 기운차게 웃었다.

"여자 협객은 없군요! 역시 협객은 남자들이 할 일이지요. 여자의 세계 지배로부터 안전한 성역이 아직 남아 있다니!" 철이는 쾌재를 불렀다.

"무슨 소리야, 멍청이 같으니라고."

철이가 웃음을 채 거두기도 전에 아널드 슈워제너거의 뒤편에서 양자경이 모습을 드러냈다. 붉은 망토를 두른 그녀는 틀림없이 1992년 「동방삼협」에 나왔던 그 진칠이었다.

곧 바이크 고글을 올려 쓴 장만옥과 은빛 가면을 쓴 매염방도 몸을 일으켰다.

"돼지들한테서 나는 악취가 싫어서 떨어져 앉은 것뿐이라고."

이번에는 샬리즈 세런이 복도 건너편 자리에서 고개를 돌렸다. 그녀는 정말, 2015년 「매드 맥스: 분노의 도로」에서 매너 없이 사는 남자들에 대해 아낌없이 분노를 터뜨리던 그 퓨리오사였다.

"너희는 잠시라도 꿀꿀대지 않으면 못 살지."

이쪽의 협객들은 입을 다물었다. 양자경과 샬리즈 세런이 나타났으니, 가까운 곳 어딘가에 앤젤리나 졸리도 타고 있을 것이었다.

멍청이 소리를 또 듣기 싫어서 철이는 창밖으로 눈을 돌리고, 아무것도 보이지 않는 암흑을 바라보는 척했다. 유리에 바윗덩이처럼 근엄한 사내들의 표정이 비쳤다. 복도 저편에서는 퓨리오사가 손톱에 낀 기름때를 제거하고 있었다.

남색 제복에 모자를 푹 눌러쓴 차장이 간식 카트를 끌고 객차로 들어왔다. 구운 오징어와 와인 냄새가 풍겨왔다. 모자 아래 억눌린 듯 드러난 차장의 얼굴은 밤처럼 깊고 어두웠다. 철이는 테이블을 폈다. 차장은 주문을 받고는 캔 와인과 캔 맥주를 돌렸다. 철이는 다이어트 콜라를 마셨다.

"내가 지난번에 협객 열차를 탔을 때는…"톰 크루즈가 입을 열었다. "꼬맹이, 네가 앉았던 자리에 엘비스 프레슬리의 암살자가 앉아 있었지."

"엘비스?" 철이는 짐짓 구미가 당긴다는 표정을 지어 보였다.

"그래, 완전 불가능한 임무였어. 하지만 암살자의 총을 빼내 총구를 와인 코르크 마개로 막아놓을 수 있었지."

톰 크루즈의 말에 맷 데이먼이 끼어들었다.

"내가 그 코르크 마개를 45구경 총구에 맞게 깎는 일을 했어. 쉽진 않았지, 지름을 약간 크게 맞춰야 했거든."

214

톰 크루즈가 다시 말했다. "결국 날아간 건 암살자의 손이었고, 엘비스는 무사히 하와이에 도착해 무대에 오를 수 있었지. 공연은 인공위성으로 전세계에 중계가 됐고 말이야."

철이는 어쩐지 신뢰가 가지 않았다. 엘비스가 죽은 건 1977년이 었는데 톰 크루즈는 그해 열다섯살이었고「미션 임파서블」시리즈는 시작도 안 한 상태였다. 맷 데이먼은 겨우 일곱살이었다.

차장이 엘비스 프레슬리의 그 위기를 이겨낸 앨범, '알로하 프롬 하와이'를 틀겠다고 알려왔다. 말을 마치자마자 천장의 스피커에서 엘비스의 목소리가 흘러나오기 시작했다.

엘비스가 하와이에 가서 공연을 하고 '알로하 프롬 하와이'를 녹음한 게 1973년이었다. 맷 데이먼이 겨우 세살 적 일이었다. 철이는 이 모든 것들이 납득이 안 되고 장난 같았지만, 자기 꿈이 주절주절 늘어놓는 사악한 농담이라는 생각에 더는 따지지 않기로 했다.

"나는 그 앨범에서 특히「마이 웨이」와「러브 미」를 좋아하지. 스튜디오 앨범에선 들을 수 없는 뭔가를 들을 수 있어."

브루스 윌리스가 혼잣말처럼 중얼거렸다.

"그 앨범을 들으면 그 짓을 할 때처럼 난 거의 오르가슴까지 느낀다고."

그러자 마침내 앤젤리나 졸리가 자리에서 일어나 음탕한 브루스를 저지했다.

"닥쳐, 브루스. 언제 철이 들래?"

앤젤리나 졸리는 확실히 2010년「솔트」에 나왔던 그 검은 롱코트

엘비스 프레슬리

차림의 솔트였다. 톰 크루즈의 뒤를 이어 남자 협객들이 차례로 자기 무용담을 늘어놓기 시작했다.

"훌륭한 일을 했군. 하지만 나는…" 주윤발이 말했다.

주윤발은 1997년 홍콩 반환 시기에, 중국의 군 장성을 은퇴시킨 일을 떠벌렸다. 군 장성이 애지중지하던 강아지 시추의 털에 독극물을 발라, 그가 털을 쓰다듬고는 심장마비를 일으키게 한 일이었다. 화장실에 다녀오고서도 손을 잘 씻지 않는 습관을 활용한 작전이었다.

"홍콩 사람 여럿 살렸군. 하지만 나는…"

클린트 이스트우드는 1991년 '사막의 폭풍' 작전 때 자신이 한 역할에 대해 이야기했다. 바스라 지하의 화학무기 공장에 쳐들어가 책임자인 이라크인 대령과 총싸움을 했다고 했다.

"신념이 있는 적수였어. 하지만 손이 얼마나 느린지, 내가 시가에 불을 붙이고 부하 둘을 해치울 때까지도 아직 총을 뽑고 있더군."

"덕분에 이스라엘이 무사했던 거군. 하지만 나는…"

브루스 윌리스가 무용담을 이었다. 빈 라덴이 사살되고 나서 버락 오바마에 대한 암살 시도가 있었다고 했다.

2012년 오바마의 대통령 연임을 막기 위해 테러범이 비행기를 납치할 계획이었다. 브루스 윌리스는 이번에도 우연히 같은 비행기를 탔다가 테러범들을 제압하고 멕시코 티후아나 공항으로 비행기를 돌렸다.

"그놈들, 아직도 소노라 사막에 있어. 미국 비자가 없거든."

"수고했어, 트럼프가 훈장이라도 줘야겠군. 하지만 나는…" 아널드 슈워제너거가 바위처럼 근엄한 머리를 치켜들고 말했다. "핵전쟁을 막았지."

2013년, 시리아 정부군이 사린가스를 쏴 민간인들을 학살했을 때 핵미사일을 쏠 계획이 세워졌다고 했다. 아널드는 그 미사일이 미국의 것인지 러시아의 것인지는 모호하게 얼버무렸다. 그는 아무튼 핵미사일을 발사하는 콘솔 전체를 다시는 쓸 수 없도록 뜯어내 멀리 던져버리고, 계급이 높은 순서대로 잡아다 손가락을 죄다 부러뜨려놓았다고 했다. 그런 손가락으로는 도저히 버튼을 누를 수 없도록. 그러고는 "나는 돌아온다!"고 메모까지 남겨놓았다.

"이젠 네 차례군." 맷이 손가락으로 철이를 가리켰다.

하지만 철이는 무용담이 없는 인생을 살았다. 그는 평생 협객의 말뜻조차 모르고 살았다. 그의 가슴에 의협심은 없었다. 그는 의리를 몰랐고 정의도 몰랐으며 세계평화는 더군다나 몰랐다. 그래서 그는 입을 닥치고 있을 수밖에 없었는데, 흠모하는 퓨리오사가 지켜보는 가운데 멍청이 취급을 당할 수는 없었다.

"2018년에 남한과 북한의 정상이 만났지 않았겠어요?"

철이의 말에 협객들이 다 같이 고개를 끄덕였다. 국제 감각이 협객들의 필수조건인 모양이었다.

"정상회담 자리에서 남북한의 시간을 통일하자는 얘기가 나왔었죠."

철이는 하지만 남북한 통일에는 반대 세력이 넘쳐나고, 언젠가 페이스북에 통일 얘기를 썼더니 당장에 욕지거리가 달리더라는 얘기를 했다. 그러면서 반통일 여론을 몰아가는 대표 세력이 남한의 홍준표 일당과 일본의 아베 신조 일당이라고 했다.

"그래서 2018년 5월 5일 북한의 표준시가 남한에 맞춰 30분 당겨지기 딱 10초 전에, 이 철이가 홍준표 일당과 아베 일당을 잡아다가 사라지는 30분 속으로 던져 넣었지요. 시간의 소용돌이 봤어요? 못 본 사람은 없겠지요?"

협객들은 물론이지, 하는 표정으로 고개를 끄덕였다.

"장관이지요, 그 꿈틀대는 무한의 주름이란… 제가 던져 넣자마자 시계의 바늘이 30분 당겨졌고, 북한의 시계에서 30분이 사라졌어요. 그리고 시간의 틈새는 그 즉시 축하의 환호성과 함께 닫혔죠."

철이는 그렇게 해서 홍준표 일당과 아베 일당이 남한과 일본에서 영원히 사라지게 되었고, 다시는 돌아올 수 없게 되었다고 말했다.

객차는 일순 잠잠해졌다. 철이는 심지어 샬리즈 세런과 앤젤리나 졸리도 자신의 말에 귀를 기울이는 것 같았다. 그는 나한테 소설가 자질이 있었나, 하고 뿌듯한 마음으로 가슴을 부풀렸다. 훼방꾼인 차장이 달려와 주간지를 들이대며 홍준표와 아베는 멀쩡히 살아 오늘도 통일에 반대하고 있다고 주장했지만, 예상했던 반론이었다.

"첩보에 의하면 그 사람들은 대역이에요. 눈썰미도 없나봐. 정치인들은 유사시를 대비해서 대역을 서넛씩 두고 있다는 사실을 몰라요?" 철이는 속사포처럼 몰아쳤다.

"잘 봐요, 사진에서 홍준표는 인중이 미묘하게 왼쪽으로 틀어졌고, 아베는 눈썹 숱이 모자라잖아요. 텔레비전으로 보면 말투에서도 차이를 발견할 수 있을 거예요."

철이는 사진의 두 사람이 대역이라며 고개를 젓고 한숨을 내쉬었다.

"네, 비극이죠. 가버린 원본이나 지금의 대역이나 못난 짓 하는 건 똑같다는 비극요. 원본과 대역이 하는 짓이 똑같으니 의심을 할 수가 없는 거지."

그리고 철이는 객차 문이 열리면서 한때 그의 우상이었던 엘비스 프레슬리가 엉덩이춤을 추며 걸어 들어오기를 진심을 다해 바랐다.

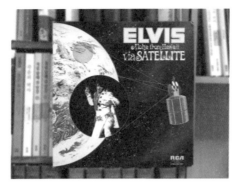

Elvis Presley, Aloha from Hawaii via Satellite, 1973

―

✎엘비스 프레슬리의 공연 장면을 요즘 십대 이십대에게 보여주고 감상을 물으면 어떤 반응이 나올까. 순백의 착 달라붙는 무대 의상을 걸치고(상의를 풀어헤쳐 털 난 가슴을 드러냈다), 굵은 금반지를 낀 손가락을 흔들며 과장된 몸짓으로 무대를 누비고, 유혹하듯 눈을 치켜뜨고는 저음으로 울리는 목소리로 사랑의 노래를 부르는 모습을.

1973년 하와이 공연을 찾은 팬들의 반응은 열광적이었다. 엘비스 프레슬리가 가슴에 흘러내린 땀을 닦은 손수건을 객석에 던지면 팬들은 아우성치며 죽기 살기로 잡으려 달려들었다고.

✎엘비스 프레슬리가 보여준 쇼맨십은 대체로 경탄을 자아낸다.

1956년 에드 설리번 쇼에서 「러브 미^{Love Me}」를 부를 때의 젊은 엘비스는, 자신이 준비한 쇼맨십의 의미와 효과를 완벽하게 알고 있는 사람처럼 행동한다. 그의 장난 같은 애드리브도 실은 등 뒤의 코러스와 미리 맞춘 것이 분명하다(비슷한 애드리브가 1973년에도 반복된다).

엘비스 프레슬리는 텔레비전의 특성을 이용했다. 하체를 돌리며 섹스어필을 하는 그의 쇼맨십은 큰 인기를 끌었고, 텔레비전 쇼에서는 그가 출연하면 상반신만 촬영해 내보냈다고 한다. 이 편집된 하반신 때문에 그는 더 큰 주목과 인기를 얻었고 '록의 제왕'이라는 별명까지 얻었다.

엘비스 프레슬리는 팬들의 마음을 움직이려면 어떻게 해야 하는지 정확히 알고 행동한 최고의 엔터테이너 뮤지션이었다. 그는 어느 순간에 손가락을 들어 객석의 팬을 가리켜야 할지까지도 계산해 행동했다.

✎ 알로하 프롬 하와이 공연은 인공위성으로 전세계에 중계된 최초의 텔레비전 쇼였고, 1억명의 시청자가 지켜봤다. 놀랍게도 우리나라에도 중계가 되었다. 이 쇼를 기록한 '알로하 프롬 하와이' 앨범의 재킷에는 한글로 '우리는 엘비스를 좋아합니다'라고 쓰여 있다.

'알로하 프롬 하와이'는 엘비스가 남겨놓은 가장 좋은 앨범은 아니다. 가장 좋은 실황 앨범도 아니고, 심지어 올뮤직닷컴의 평점은 평균 수준이다. 그래도 (소설에 쓴 것처럼) 「마이 웨이^{My Way}」와 「러브 미」를 나란히 붙여서 부른 앨범이 세상 어디에 또 있다는 말인가(당신도 꼭 들어봤으면 좋겠다).

취향이란 이처럼 세간의 평가를 종종 무시한다.

✍엘비스 프레슬리의 쇼맨십은 지금의 한국 기준에서는 '섹시한 짐승남' 수준이 될 텐데, 어떤 대중스타도 쇼맨십만으로는 제왕의 칭호를 받지 못한다. 그는 최고의 엔터테이너이기도 했지만 위대한 뮤지션이기도 했다. 많은 평범한 곡들이 그의 목소리로 불려 세계적인 히트곡이 됐다.

엘비스 프레슬리가 '알로하 프롬 하와이'에서 들려주는 정교하게 통제된 가창력, 그가 만들어낸 그 숱한 히트곡들의 열창은, 그가 어째서 록의 황금시대를 이끌 수 있었는지 깨닫게 해준다. 이 '록의 제왕'은 '팝의 황제' 마이클 잭슨이 나타나기 전까지, 죽어서도 대중음악의 세계를 지배했다.

악마를 향해 소리 질러라

그 부부를 처음 보았을 때를 기억한다.

「무엇이든 물어보세요」라는 텔레비전 아침 교양 프로그램에서였다. 태평양을 사이에 두고 두 왕국이 일어나 전쟁을 일으키기 전이었다.

나는 취업 준비생이었고, 화면 속에서 부부는 마치 믿었던 도끼에 발등이라도 찍힌 사람들처럼 빨개진 얼굴로 소리를 질렀다. 고해상도 화질이라 부부의 상기된 얼굴은 코앞에서 불타오르고 있었다.

"신혼부부면 대출 받기가 얼마나 쉬운데 결혼을 안 해? 대출이 안 되면 사채라도 써서 세를 들어와야 할 거 아냐!" 남편이었다.

"결혼도 안 하고, 애도 안 낳으면, 내 아파트는 빈집으로 놀려?" 남편이 분을 못 참고 소리를 질렀다.

"덥다고 휴가 가고 애 낳았다고 휴가를 다 가면, 공장은 누가 돌려! 내가 혼자 돌려? 내가 기계나 돌릴 사람이야!" 아내도 분통을 터뜨렸다.

화면 속 부부는 버럭버럭 소리를 질러댔다. 벌게진 얼굴의 모공들이 일제히 벌렁거리며 다 함께 불을 뿜었다. 그 둘은 트럼프가 백악관 참모들한테 "너, 해고야!" 하고 소리 지를 때보다 더 크게 소리를 질렀다.

그날 「무엇이든 물어보세요」 28주년 특집 생방송이 뭘 주제로 다뤘는지는 기억이 나지 않는다. 아무튼 저출생이나 인구절벽 문제는 아니었다.

"대한민국은 자유주의 국가 아니냐고! 자유주의인데 아파트를 열채를 가지든 백채를 가지든 무슨 상관이냐고! 내 자유는 어쩔 거야, 응? 집 가진 사람의 자유는 어쩔 거냐고!" 남편이 침을 튀겼다.

"요즘 취업하기가 얼마나 어려운지 알아! 일거리 주고 먹여주고 재워줬으면 됐지, 내가 시급까지 올려줘야 해? 우리가 대한민국에 기여한 게 얼만데 시급에, 세금까지 올려 받아! 이래서야 더러워서 어떻게 기업을 해!" 아내도 질세라 침을 튀겼다.

사회자와 전문가 패널들은 넋이 나간 표정들이었다. 그들은 그런 쪽의 전문가들이 아니었다. 아마 패널 하나는 직접 태평양에 원양어선을 타고 나가 쓰레기 섬을 관찰하고 온 환경공학 박사였던 것 같다.

"그런데 구체적으로 무슨 기여를 하셨다는 말씀이시죠?" 결국

사회자가 나섰다.

"우리 때문에 아파트 값이 올라서 다들 부자가 됐잖아! 안 그래? 안 그러냐고! 내가 못 살아!" 남편이 다시 악을 썼다.

"인구가 줄면 정말 아파트 세입자나 공장 직원 구하기가 어려워지겠군요." 사회자는 잠시 얼이 빠져 있더니 둘에게 물었다. "아파트 부자에 사장님에, 행복하시겠어요. 끝으로 하시고 싶은 말씀은?"

부부는 잠시 생각을 가다듬더니 다시 버럭버럭 소리 지르기 시작했다.

"난 아파트를 마누라 다음으로 사랑한다니까! 사랑에 세금은 무슨 세금이야!"

"동성애자들을 막아! 동성애자들이 자꾸 생겨나서 인구가 줄어들잖아!"

부부는 불타는 얼굴로 악을 썼다.

그리고 전쟁이 일어났다. 시진핑과 트럼프가 자본이라는 군대를 일으켜 태평양을 사이에 두고 양쪽 대륙을 쑥대밭으로 만들었다. 취업 준비생인 나는 어머니의 폐업한 부티크에 나가 매일 길고양이들과 놀았다. 나는 목소리도 작고 움직임도 조용한 편이기 때문에 고양이들이 좋아했다. 때로는 전쟁 전부터 실업자였던 아버지도 함께 놀았다.

삶은 전장으로 변해갔다. 이웃들은 아파트 우편함에 관리비 독촉장이 쌓여도 가져갈 생각을 안 했다. 사상자도 드물지 않았다. 우리 가족은 창밖으로 누군가 떨어지다가 우리와 눈이 마주칠까봐 베란다 블라인드를 내려놓고 살았다.

나는 고용노동부 관악센터의 상담원에게 내 형편을 설명했다. 센터에서 내 형편을 모르는 상담원은 없었다.

"난 정말 손가락만 빨고 있다고요." 나는 징징거렸다. "근데도 항상 짠맛이 나니 이상하죠. 아무리 씻어도 손가락의 짠맛은 그대로니."

"음, 이런 게 있긴 한데…" 상담원은 혐오스럽지만 참아준다는 듯 말했다. "벌써 여러 분이 갔다가 돌아온 곳이에요."

상담원이 키보드를 꾹꾹 누르며 말했다. "하는 일이 정원사 플러스 알파,라고 되어 있는데 알파가 뭐지? 근데 정원사 전공이 아니잖아요."

나는 내 이력서의 페이지를 내려보라고 재촉했다.

"맨 아래 조경기능사 자격증 나오죠? 전공이에요. 보내주세요."

취업 준비생으로 사는 동안 나는 거의 모든 분야가 전공이 되어 있었다.

그렇게 해서 나는 전쟁 전 「무엇이든 물어보세요」에 출연했던, 소리 지르는 부부를 다시 만났다. 처음엔 알아보지 못했지만 곧 부부가 소리를 질러대기 시작한 탓에 기억이 났다.

"잔디 품종은 알아? 자격증 있다며!" 아내가 나를 다그쳤다.

"한국 잔디요." 그런 품종이 있긴 했지만 내가 뭘 알고 한 대답이 아니었다.

"이거 봐! 좀 보라고!" 이번엔 남편이 소리 질렀다. "결이 고르지가 않잖아!"

"풀 키가 손가락 두마디 이상을 넘어가면 안 되는 거야!" 남편이 부들부들 떨리는 오른손 검지를 치켜들었다. 그러더니 허리를 굽히고 종종걸음을 치며 정원 잔디밭을 쿡쿡 찌르고 다녔다.

"손가락 두마디야, 알았지? 깎아, 깎으란 말이야!"

나는 당장 예초기를 끌고 다니며 잔디를 깎았다. 잔디를 깎고 나자 김 비서가 나타나 기본적인 사항을 일러줬다. 식당은 어디이고, 예초기 같은 기계는 망가지면 직접 고쳐내야 하고, 월급은 백만원이라고 했다.

"백만원이라는 말이지요." 내가 다시 물었다.

"백만원." 김 비서는 고개를 끄덕였다. "그리고 플러스 알파란 시키는 건 무엇이든 하라는 의미일세."

김 비서는 내가 예, 할 때까지 기다렸다가 다시 말했다.

"사장님 부부는 우리가 뭘 하는 사람들인지 몰라. 누군지도 모르고. 이름도 알 리가 없지. 아마 자네 머리에 뿔이 자라나도 관심 없을걸."

비서는 내 눈을 똑바로 들여다보았다.

"그러니까 눈에 띄는 대로 아무 일이나 시킬 거란 말일세."

전쟁 상황이니 백만원도 싫다고 할 수 없었다.

일을 시작하고 서로 낯이 익자 김 비서가 자기 사연을 들려줬다.

이라크 전쟁 참전군인이었던 그는 "트럼프와 시진핑이 서로 질러 대는 소리가 미사일이 날아오는 소리보다 더 무섭다"고 했다.

"날아오는 게 미사일이면 벙커에 숨기라도 하지. 자본의 공세에는 핵전쟁용 지하 방공호도 쓸모가 없다니까."

김 비서는 삶을 지속할 의지까지 잃게 한다는 점에서 자본이라는 군대가 전차와 폭격기보다 더 위험하다고 했다.

내 하루 일은 아내가 출근하고 남편의 아침잠이 다 깨고 난 아침 10시부터 시작됐다. 아내는 출근 준비가 명상하는 일과 같기를 바랐으므로, 출근할 시간에는 예초기나 청소기 따위는 돌릴 수가 없었다. 남편은 아침잠이 많아서 늦잠을 방해받으면 소리를 질러댔다. 직원들은 그래서 10시가 되기 전까진 살금살금 뒤꿈치를 들고 다니고, 묵언 수행을 하는 것처럼 서로 눈짓으로 대화했다.

부부는 그럭저럭 잘살았다. 전쟁 직전에 아파트 몇채와 수익이 안 나는 공장 하나를 팔아 미리미리 달러에 투자했다고 했다. 부부는 베트남인 가사도우미와 필리핀인 가정교사와 탈북인 주방 찬모도 두고 있었다.

"우리는 더 죽겠어요." 베트남인이 말했다.

"내가 한국말 배우는 속도가 더 빨라요." 필리핀인이 말했다.

"반찬 좀 작작 먹었으면 좋겠어요." 탈북인이 말했다.

그들도 플러스 알파라는 조건으로 들어왔고 월급은 부끄러운 수준이었다. 운전기사도 있었는데 전쟁 전에는 교수였다고 했다.

"뭐, 이젠 가르칠 학생이 없다고." 교수가 말했다.

믹 마스와 머틀리 크루

부부가 소리를 지르는 동안 트럼프는 재선에 성공했다.

헤비메탈 밴드 머틀리 크루의「샤우트 앳 더 데블」이 트럼프의 선거캠페인 송이었다. 전세계인이 정규 뉴스 시간이면, 그 공격적인 1983년 작「샤우트 앳 더 데블」을 백그라운드 음악으로 들어야 했다.

캠페인송의 '데블'은 사실 트럼프의 재선에 반대하는 세력들과 시진핑을 겨냥한 것이었지만, 내가 보기에 진짜 악마는 트럼프였다. 그는 뿔만 안 났지, 하얀 머리 하얀 피부의 악마였다. '샤우트 앳 더 데블' 앨범이 1980년대 로널드 레이건 대통령의 보수 정권 시절 베스트셀러가 됐다는 사실도 그가 악마임을 증명하는 것만 같았다. 레이건은 '남녀평등헌법수정안'을 반대하고, 그 대신 낙태를 금지하는 '인간의 삶 수정안'을 지지한 대통령이었다. 레이건은 백악관의 여성 직원 수를 반으로 줄였다.

선거 기간 내내 트럼프가 자기를 반대하는 세력이면 무턱대고 악마라고 부른 것처럼, 부부는 자기네 신경을 거슬리는 사람은 무턱대고 빨갱이라고 불렀다. 나는 악마와 빨갱이가 싸우면 누가 이길까 이따금 궁금해했지만, 너무 중학생이나 할 생각 같아서 금방 집어치우곤 했다.

나는 아침 10시면 머리를 빗듯 정성스레 정원의 잔디를 깎고 다듬었다. 잔디 때문에 곤욕을 치르곤 해서 신경을 안 쓸 수 없었다.

어느날은 남편이 정원으로 날 불러내더니 "이거 봐, 보라고!" 하고 소리를 질렀다. 그는 내 눈을 찌를 것처럼 오른손 검지를 들이 댔다.

"똑바로 봐, 새끼야!" 그러더니 잔걸음으로 정원을 쭉 가로지르 며 쿡쿡 잔디를 찔러 보였다. "이게 손가락 두마디야?"

나는 멋쩍은 미소로 상황을 극복해보려고 했다. 나는 오른손 검 지를 불끈 치켜들었다.

"두마디 맞는데요?"

그러고는 나와 당신의 손가락 마디 길이가 달라서 생긴 문제라 고 말하는 실수를 저질렀다.

"어? 말대꾸를 해! 이 새끼가 어디서!" 남편이 버럭 소리를 질렀 다. 그는 화염방사기처럼 고성을 뿜어댔다.

"너 빨갱이야? 지금이 어떤 세상인데 감히 말대꾸야? 이 빨갱이 새끼, 트럼프한테 잡아가라고 할까! 오냐, 너 죽고 나 살아보자!"

그날로 나는 부부의 저택에서 정식으로 해고됐다. 그리고 다음 날 김 비서에 의해 다시 정식으로 채용됐다. 퇴직금 계산도 그날부 터 다시 했다. 억울했지만 어차피 근로계약서도 쓰지 않는 처지였 다. 부부는 내가 쫓겨났다는 사실을 기억하지 못하는 듯했다. 그들 은 정말 내가 유니콘으로 변해도 못 알아보고 잔디를 깎게 할 사람 들이었다.

그러고 보니 저택의 다른 직원들도 나처럼 빨갱이 소리를 들으 며 수시로 쫓겨났다 다음날 다시 채용되는 모양이었다. 그래도 불 만은 없었다. 세계는 전쟁 중이니까.

나는 오늘도 부부의 저택을 돌본다. 비둘기 집을 허물고 장작을 패고 음식물쓰레기 봉지를 내다 버리고 길고양이들을 쫓고 유리창을 닦고 물홈통을 청소하고 시장을 보고 잔디를 깎는다. 그리고 잔디가 자라지 않는 겨울 시즌이면 몇주씩 아내의 공장에서 일도 한다. 공장에서 나는 심지어 지게차도 운전한다. 공장에서는 아내가 내게 소리를 지르고 불을 뿜는다.

저택에서건 공장에서건 직원들끼리는 나직나직 소리를 낮춰가며 이야기한다. 저들 부부도 자기들끼리는 살갑고 정다운 목소리로 속삭인다. 그런데 왜 우리에겐 소리를 지를까.

트럼프도 만날 기자들 앞에서 소리를 질러대는 걸 보니 아마 소리 지르는 건 돈 많고 힘 있는 자들의 특권인 것도 같다. 저들이 소리 지를 때 보면 악마도 이겨먹을 수 있을 것만 같다.

삶은 사상자가 속출하는 전장이 됐다. 총성과 비명이 들리지 않는 침묵의 전장. 이번 자본의 전쟁에서 발생한 경제적 사상자의 비율이, 재래식 전쟁의 사상자 비율과 맞먹는다고 한다. 우울증 환자 수와 자살자 수가 전쟁 전보다 두배 반 늘었다는 통계가 어제 나왔다.

다만 자본 전쟁이 재래식 전쟁만큼 끔찍해 보이지 않는 이유는, 텔레비전으로 중계할 만큼 쓸 만한 스펙터클이 펼쳐지지 않아서일 뿐이다. 숫자 더미와 그래프 몇줄로는 시청자를 유혹할 수 없다. 그리고 지금이 전쟁 상황이고, 우리가 앉아 있는 거실이 바로 전장의 한 귀퉁이라는 사실을 누구도 귀띔해주지 않는 탓이기도 하다. 우리는 이번 전쟁에 참전한 줄도 모르고 참전해, 맞은 줄도 모르고 자본의 흉탄에 맞아 다치거나 죽었다. 베란다에서 뛰어내리면서도 그게 자본이 사지로 떠민 결과인 줄도 모르고 뛰어내렸다. 우리는 알건 모르건, 원했건 원하지 않았건, 모두 자본의 전쟁의 병사가 되어 싸우고 있는 것이다.

전쟁의 목표는 하나다. 적이 나를 거지로 만들기 전에, 내가 먼저 적을 거지로 만드는 것. 부부와 우리 사이, 계급 사이에서의 전쟁도 마찬가지다. 부부가 우리에게 질러대는 소리는 전쟁 행위나 마찬가지다. 우리를 거지로 만들기 위해 미사일을 쏘아대는 것이다. 그리고 어떤 전쟁에서든, 전쟁보다 더 나쁜 건 전쟁에서 지는 일이다.

머틀리 크루의 '샤우트 앳 더 데블'은 최고다. 그 이후에 나온 어떤 밴드도 그들처럼 완벽하게, 나이트클럽에서 춤추는 데에도 쓰일 수 있는 헤비메탈 음반은 만들지 못했다. 그들은 1980년대 어떤 댄스 음악보다도 더 신나고 리드미컬한 리프를 들려줬다. 특히 단순하면서도 도회적 우울의 정곡을 찌르는 듯한 믹 마스의 기타 솔로는, 그의 영 아닌 얼굴과는 전혀 어울리지 않는 소박한 진정성을 지니고 있었다.

믹 마스는 불쌍하게도 레이건 보수 정권 아래서 가장 저평가된 기타리스트였다!

Mötley Crüe, Shout at the Devil, 1983

♋록 밴드 퀸Queen과 프레디 머큐리Freddie Mercury의 삶을 다룬 영화 「보헤미안 랩소디Bohemian Rhapsody」가 성공을 거두자 마치 기다렸다는 듯이 넷플릭스에서는 헤비메탈 밴드 머틀리 크루를 다룬 영화 「더 더트The Dirt」가 공개됐다. 헤비메탈 팬들에게는 가슴 뛰는 일이었다.

머틀리 크루는 헤비메탈의 퀸이라고 할 수 있기 때문이다.

♋1980년대 초반 미국 LA 지역에서, 흥겨운 금속성 사운드에 난 잡한 쇼맨십을 결합한 헤비메탈 밴드들이 나타났다. W.A.S.P.나 래트, 머틀리 크루 같은 밴드들인데, 「더 더트」를 봐도 알 수 있듯이 이들은 여동생의 바지를 예쁘다며 빼앗아 입고 다닐 만치 '치장'에

신경을 쓴 밴드들이기도 했다.

비주얼로 팬들을 사로잡았던 선배 록 밴드 키스^Kiss나 앨리스 쿠퍼^Alice Cooper가 주로 그로테스크하고 쇼킹한 분장과 의상으로 나타났다면, LA 메탈 밴드들은 예쁘장하고 매끈한 중성적인 분장과 의상으로 충격을 줬다.

🐾같은 장발이라도 머틀리 크루의 장발은 부스스하고 더러운 장발이 아닌, 방금 헤어숍에 다녀온 듯 잘 관리되고 섹시한 장발이었다. 오죽하면 그들을 두고 '헤어 메탈'이라는 정식 음악용어가 생겨났을까. 여성이라는 착각이 들 정도다. 그들은 그런 헤어스타일에, 마스카라를 짙게 칠하고 창백하게 화장을 한다든지 해서 '병적인 아름다움'을 연출해 묘한 매력을 더했다.

🐾머틀리 크루의 멤버들은 정말 예뻤다. 「더 더트」만 봐도 알 수 있다. 영화에서 머틀리 크루를 연기한 배우들은 실제 멤버들보다 훨씬 외모가 처졌고, 때문에 팬인 나의 눈으로 봤을 때 너무 실제와 달리 못생겨서 거의 코미디 영화처럼 보였다.

왜 외모 이야기를 자꾸 하냐면, 어떤 음악 장르(LA 메탈 같은)에서는 분장이나 의상이 그 음악의 일부이자 본질이기 때문이다.

🐾머틀리 크루는 10년이 채 되지 않는 짧은 전성기를 가졌지만, 그 이후 많은 헤비메탈 팬들에게 영향을 미친 히트곡들과 앨범들

을 만들어냈다. 데뷔작 「투 패스트 포 러브Too Fast for Love」에서부터 그들은, 나이트클럽의 무대에서 춤곡으로 쓸 수 있을 만치 경쾌한 헤비 사운드의 전형을 만들어냈다(건스 앤 로지스Guns N' Roses의 사운드가 어디서 나왔을까).

머틀리 크루는 난장판 파티 같은 세번째 앨범의 사운드로 세계적인 스타가 됐다(이 앨범에 「홈 스위트 홈Home Sweet Home」이 들어 있다). 1980년대 내내 머틀리 크루는 단순하고 대책 없이 즐거운 사운드로 큰 성공을 거뒀다.

✎1980년대의 헤비메탈은 양극단에 놓인 듯한 두 세부 장르가 각축을 벌였다. 메탈리카나 슬레이어(두 밴드 모두 머틀리 크루보다 2년이나 늦게 첫 앨범을 냈다) 같은 가차 없이 공격적인 사운드를 구사한 스래시 메탈과, 머틀리 크루나 래트 같은 나이트클럽에서 만나면 더 반가울 것 같은 LA 메탈.

아마 팬들도 둘로 나뉘지 않았을까 싶지만, 나는 둘 다 좋아하고 그 사이에서 평가는 절대 하지 않는다(평가는 사랑을 말려 죽인다).

✎머틀리 크루는 위대한 예술가들이 그러했듯이, 기존의 유행에 편승하지 않고 스스로 새로운 유행을 만들어냈다. 이는 퀸도 해내지 못한 일이다.

방랑 시인과 파란 엽서

시인의 마을엔 동편 하늘 없이 서편 하늘만 있었다. 해안을 따라 달리는 가파른 산맥의 서편 등마루에 마을이 자리하고 있어서, 동편 하늘을 보려고 고개를 돌리면 아찔하게 솟은 절벽 같은 산자락만 보였다.

그래서 일출 같은 동편 하늘의 일을 보려면 산을 타야 한다.

시인은 자신의 집에 묵으러 오는 손님들에게 마을을 한장에 담은 그림지도를 나눠줬다. 반으로 나눈 A4용지에 그린 지도였다. 그러니까 마을은 A4용지 반절 크기에 모두 담을 수 있을 만큼 작았다.

시인이 일일이 손으로 그려 문방구에서 복사한 그림지도에는, 동편 하늘을 가로막은 산봉우리들이 하늘이 있을 자리를 차지하고 있었다. 상주하는 신부도 없는 작은 성당이 지도의 왼편에 그려져 있었고, 아래편엔 이웃 마을들을 오갈 수 있는 선착장이 그려져 있었다. 기차역은 왼편 아래에 화살표로만 표시되었다. 실제로 화살표를 따라, 해안절벽에 뚫린 보행자 터널을 지나 마을 바깥으로 나가야 기차역에 도달할 수 있었다.

시인이 자랑스럽게 소개하곤 하는 전망대는 지도의 가운데에 있었다. 서편 하늘만 있는 마을에서 일몰을 가장 편안히 볼 수 있는 전망대였다. 나무 벤치와 시야를 가리지 않으면서도 적절하게 운치 있는 굽은 소나무들과 보도블록이 깔린 산책로가 있었다.

약국, 슈퍼마켓, 식당, 기념품점도 지도에 있었다. 하지만 마을이 워낙 작아 선착장에서 산에 이르는 오르막길에 서서 보면 지도 없이도 모든 것을 훤하게 내려다볼 수 있었다. 약국의 초록색 간판은 24시간 꺼지지 않았다.

그리고 지도에 두줄로 표시된 오르막길의 중간에 시인의 민박집이 있었다.

어른 손바닥만 한 나무 간판을 달았다는 점만 빼곤 근처의 여느 집과 다르지 않았다.

애초에 할머니 때부터 살던 이층 가정집을 삼층 민박집으로 개조해 쓰고 있으니, 근래에 지어진 호텔들과는 생김새부터 달랐다.

그래서 초행길인 손님들은 민박집을 찾는 데 애를 먹는다. 구글 지도를 들여다보다 지나치기 일쑤이고 오르막길에서 벗어나 엉뚱한 골목을 헤매기도 한다.

눈썰미가 좋은 사람만 코발트블루색 페인트가 칠해진 어른 손바닥만 한 나무 간판을 한번에 찾아낸다.

하지만 시인은 간판의 크기를 키울 생각이 없었다. 할머니 때부터 쓰고 있는 유물이자 역사나 마찬가지인 간판이었다. 게다가 나무 간판에 새겨진 그 멋진 이탤릭 흘림체에 버금가는 글씨를 써줄 만한 사람이 세상에 또 있으리라고는 상상할 수 없었다. 그런 글씨는 할머니와 함께 죽었고 다시 태어나지 않았다.

파란 엽서

할머니가 나무 간판에 쓰고 할아버지가 새겼다. 그후로 시인의 집은 *파란 엽서*라는 민박집이 되었다.

나무 간판을 썩지 않게 하기 위해 칠한 코발트블루색 페인트도 이제는 생산되지 않았다. 운이 좋아 당시 생산된 제품과 똑같은 페인트를 구한다손 쳐도, 지난 30여년의 바람과 비가 할퀴어놓은 시간의 흔적은 또 어떻게 복원한단 말인가. 세월을 어떻게 복원한단 말인가.

이래저래 간판은 바꿀 수 없는 것이 되었다.

"숙소가 어디 있단 말이에요? 안 보여요."

손님들은 영화 「에이리언」에서 괴물을 코앞에 두고도 보지 못하는 리플리 일행처럼 시인의 민박집을 찾지 못한다.

하지만 결국엔 찾아내고 만다. 간판을 찾지 못해 숙박을 포기한 손님은 시인의 기억에 아직까지 없었다.

간판을 찾기 어렵다고 해서 손님들이 싫어하는 건 아니었다. 사실 손님들은 A4용지 반절 크기에 다 들어가는 마을의 사이즈를 각별하게 생각했다.

"호주머니에 쏙 들어가는 마을이라니…"

"손바닥에 올려놓고 볼 수 있는 귀여운 마을이라니…"

"심지어는 파란 엽서가 있는 마을이라니…"

엽서라는 매체는 이제는 홍보용으로도 잘 쓰지 않는다. 엽서가 무언지도 모르는 어린이 손님들도 많다. 엽서? 뉴욕 맨해튼에 들른 기념으로 엠파이어스테이트빌딩 타워에서 사서 집으로 부칠 때 말고는 평소엔 볼 수도 없다.

마을의 방문객들은 세계의 모든 마을에서 오는데, 그 마을들에 선 서편과 동편의 하늘이 온전히 눈에 보였다. 그래서 시인이 그림 지도를 쥐여주며 이곳은 서편 하늘만 있는 마을입니다,라고 운을 떼면 눈을 반짝인다.

"오오, 그렇담 동쪽 하늘은 어디 있죠?"

"이 다섯 봉우리 너머입니다. 그런데 실은 지도에만 다섯개지, 봉우리가 얼마나 더 있는지는 저도 몰라요."

또 이렇게도 물었다.

"설마 산 너머에도 없는 건 아니죠, 하늘이?"

"여러분이 바로 산 너머에서 오시지 않았습니까?"

방향치라 자신이 어디로 왔는지 확신하지 못하는 손님들은 이런 대화에서 어리둥절한 표정을 지었다.

마을에 대한 소개가 끝나면 시인은 거실의 캡슐커피 머신 사용

법을 설명해줬다.

시인은 끝으로 진분홍 매화꽃들이 흐드러진 작은 꽃바구니를 건
냈다. 조식이었다.

"매일 아침 방문을 열면, 갓 구운 빵하고 수제과자가 담긴 이 바
구니가 걸려 있을 거예요."

빵과 과자는 시인의 외종사촌이 하는 빵집에서 새벽에 가져오는
것들이었다. 따뜻한 빵과 과자는 *파란 엽서*가 제공할 수 있는 최상
의 조식이었다.

"드시고 바구니는 다시 방문에 걸어놓으시면 돼요."

시인은 향긋한 빵 냄새가 방문 틈으로 흘러들면 저절로 잠에서
깨어날 거라고 했다. 알람 시계가 필요 없다고. 그는 꽃바구니에서
수제초콜릿 하나를 꺼내 건네줬다.

손님들은 이제 마을을 떠올릴 때마다, 초콜릿의 조금 쌉쌀하고
많이 달콤한 맛을 기억하고 *파란 엽서*에 대해 이야기하고 싶어질
것이었다.

옛날에는 이 마을에서 태어나 평생 서편 하늘만 보다 죽는 사람
들도 있었다. 그의 할아버지가 그랬는데, 죽어서야 묻힐 땅을 찾아
산봉우리를 넘었다고 했다. 할아버지는 숨이 넘어가는 그 순간까
지, 서편 하늘만 보고 서편 바다에서 밀려오는 파도 소리만 듣고 서
편 수평선으로 떨어지는 낙조만 즐기며 살았다.

시인은 그렇지 않았다. 그는 동편 세상을 알고 있었다. 고등학교

도 산봉우리 너머에서 다녔다. 중학교는 이웃 마을에 있었지만 고등학교는 기차를 타고 산에 뚫린 터널을 지나 동편으로 넘어가야 했다. 그는 기나긴 통학길이 싫어 가다 말다 하다가 겨우 졸업을 했다.

그 정도면 동편 세상은 볼 만큼 봤다고 할 수 있었다. 동편 하늘의 일출도, 동편 바람에 묻은 달궈진 아스팔트 냄새도, 바닷바람이 뭔지 모르는 희멀건 얼굴들도 실컷 봤다고 할 수 있었다. 시인은 동편에 대한 미련이 애초에 없었다. 동편에서의 삶을 동경하지 않았다. 오히려 동편 하늘 아래 사는 사람들이 산봉우리를 넘어와 그의 마을에 놀러 오고 있었다.

시인은 새벽 5시에 일어나 씻고 옷을 갈아입고, 밖에 나가 외종사촌의 빵집에 가서 하루치 빵과 과자를 종이봉투에 나눠 담아왔다. 그러고는 이층부터 삼층까지 방을 돌며 종이봉투를 하나씩 꽃바구니에 넣었다. 꽃바구니의 매화꽃은 가짜 꽃이었지만 향기만은 진짜였다. 달콤하고 따뜻한 진짜 버터 향이 가짜 꽃에 배어들었다.

7시부터는 일층의 주방에서 자신의 아침을 준비했다. 시인은 밥을 짓고 반찬을 만들었다. 주로 낚싯배에서 구해 온 잡다한 물고기들을 굽고 튀기고 끓여 만든 반찬들이었다. 정오까지는 부산을 떨며 일을 하기 어려운 시간이었다. 늦게까지 놀다가 들어온 손님들이 대개 그 시간까지 잠을 자기 때문이었다. 체크아웃 시간인 12시를 기다리며 조용히 책을 읽거나 창가의 화초를 가꾸면서 시간을 보냈다.

정오가 지나면 시인은 본격적으로 청소를 했다. 체크아웃한 방에 들어가 쓸고 닦았다. 복도를 돌며 타월을 채워 넣었다. 세탁기를 돌려놓고 민박집 앞길까지 청소를 하면 오후 3시였다. 그는 언덕길에 서서 손차양을 하곤 새로 마을에 들어오는 관광객들의 행렬을 살폈다. 그러곤 거실의 데스크톱으로 민박 홈페이지의 예약 현황을 점검했다.

해가 지면 마을 사람들처럼 시인의 얼굴도 어두운 노을빛으로 물들었다. 그는 주방으로 돌아가 저녁 식사를 준비했다. 냉동실에 얼려둔 밥을 꺼내 전자레인지에 돌리고 아침에 먹다 남은 반찬을 데웠다. 어쩌다 그것도 귀찮으면 침대에 누워 외종사촌의 빵을 먹었다. 그가 외식할 때는 손님이 한명도 없는 날이었다. 워낙 작은 마을이라 그는 모든 식당의 모든 메뉴의 맛을 다 외우고 있었다.

그리고 잠들 때까지는 온전히 시인의 시간이었다. 시인의 시간, 그렇다. 해가 지면 그는 오롯이 시인으로 살았다. 그의 침실엔 할머니가 물려준 나무 책상이 있었다. 할머니가 가계부를 쓰던 책상이었다. 그 시절 책상들이 대개 그렇듯 그 책상도 키가 좀 낮았다. 그래서 그는 네 다리 아래 1998년도 그 지역 전화번호부를 여덟권 받쳐놓았다. 1998년부터 그는 책상에 앉기가 불편할 정도로 키가 부쩍 커졌다. 책상 상판에는 원목의 나이테가 흉터처럼 남아 있었고, 다리에는 옹이가 시커멓게 멍처럼 박혀 있었다. 듣기로 할머니가 초등학교를 다니던 시절 어떤 나무로 짰다던데, 그렇다면 원목은 할머니보다 얼마쯤 더 나이 든 나무였을까.

시인은 책상 앞에 앉아 꼿꼿이 등을 펴고 노트북을 켰다. 물론 노트북에 워드프로그램의 정갈한 새 창을 띄운다고 해서 영감이 떠오르거나 하지는 않았다. 그런 일은 없었고 대개는 첫 문장, 첫 단어조차 떠오르지 않았다. 책상에 앉자마자 시상을 독수리타법으로 한자 한자 박아 넣는 그런 영화 속 시인은 이 마을엔 살지 않았다. 그는 많은 시간을 멍하니 흰 모니터와 눈을 맞추며 보냈다.

첫 단어를 쓰기 위해 시인은 매번 음악을 틀었다. 침실에는 턴테이블과 앰프와 스피커와 어머니가 물려준 도이치 그라모폰의 클래식 엘피들이 있었다. 약간이지만 데카와 이엠아이에서 나온 엘피들도 있었다. 어머니가 결혼할 때 동편 세상에서 가져온 엘피들이라고 했다. 그때에도 이 마을엔 레코드점 하나 없었다. 그래서 엘피를 한장 사려고 해도 산을 넘거나, 아니면 음악 잡지를 보고 우편 주문을 넣어야 했다.

우편 주문이라니! 잡지에 나온 음반 광고를 보고 판매상에 전화를 걸어 음반 번호와 수령할 주소를 불러준 다음, 은행에 가서 입금을 하는 주문 방식이었다. 아예 우편환을 보내던 시절도 있었다고 했다. 엽서와 마찬가지로 우편 주문도 이젠 사라졌고, 그리움의 아스라한 찌꺼기만 남았다.

시인은 한국인인 정경화의 슬픈 바이올린 연주를 좋아했다. 정경화의 엘피들은 데카에서 주로 나왔다. 드보르자크의 음악도 좋아했다. 체코인 작곡가인 드보르자크의 음악은, 체코인 바이올린 연주자인 요세프 수크나 체코의 현악 사중주단인 야나체크 콰르텟의 연주로 들었을 때 가장 슬펐다.

야나체크 콰르텟

가장 아름답거나 가장 잘 연주했거나가 아니었다. 가장 슬프게 연주했다.

특히 야나체크 콰르텟이 1963년에 녹음한 드보르자크의 「아메리카」는 그의 아버지조차 좋아할 정도로 *파란 엽서*의 가족들을 슬픈 즐거움에 빠뜨리곤 했다. 정경화의 엘피들도 그랬다. 정경화의 엘피들엔 드보르자크는 한곡도 실려 있지 않았지만, 생상스의 곡을 연주할 때조차 드보르자크를 듣는 것처럼 슬펐다. 빠른 악장을 연주할 때조차 느린 악장의 슬픔이 묻어났다.

학교에서 지리에 대한 교육만 받지 않았다면, 체코와 한국이 서로 붙어 있는 이웃나라라고 해도 믿을 정도로 두 나라의 음악은 슬펐다. 한국의 연주자들은 뭘 연주해도 슬픈 음악으로 들리게 했다. 강동석, 김영욱도 그랬고 사라 장도 그랬다.

시인은 체코와 한국의 슬픈 음악들을, 시 한줄 쓰지 못하고 밤을 새울 때마다 내내 들었다. 슬픈 악장이 흘러나올 때마다 시인의 슬픔도 깊어졌다.

시인은 슬펐지만 슬픔의 이유를 몰랐다. 시가 쓰이지 않는다고 슬퍼할 것까지는 없었다. 시는 내일이나 모레 쓰면 되었다. 민박집은 운영이 어려웠지만 치명적일 정도는 아니었다. 언젠가 무일푼이 되어 죽을 게 뻔했지만 벌써부터 슬퍼할 일은 아니었다.

세상에서 내가 바랐던 것은 무엇이었을까, 내가 그걸 이루지 못했을까 하고 시인은 생각했다. 하지만 돌이켜봤을 때, 굳이 바랐다고 할 것도 없었고 굳이 못 이뤘다고 할 것도 없었다.

시인은 생각을 하지 말아야 했다. 적어도 시를 쓰려는 시간에는 생각을 하지 말아야 했다.

생각하지 말아야 한다는 사실을 시인은 많은 시간을 생각만 하느라 허비하고 나서야 알았다.

어쩌면 시인이 싱글이어서 외로움을 타는지도 몰랐다. A4용지 반절에 다 들어가는, 서편 하늘만 있는 작은 마을에서 마음에 드는 여자를 만나는 일은 하늘의 별 따기였다. 언제인지도 기억나지 않는 옛날, 그는 사랑 고백을 했다. 이웃 마을의 여자애였다.

"아냐." 여자애가 말했다.

"밖에 나가봐. 산 너머 도시들에는 네가 좋아할 만한 예쁘고 착한 여자애들이 널렸을 거야. 너무 한곳에만 머무는 것도 좋지 않아."

"하지만 난 방랑 시인인걸." 시인이 말했다.

진심이었다. 시인은 마을을 벗어나지 않으면서 매일 책의 깊은 숲속으로 모험을 떠났고, 시들이 인쇄된 아름다운 계곡들 사이를 방랑하며 살고 있었다. 하늘에선 체코와 한국의 슬픈 음표들이 그를 좇으며 지저귀었다.

시인은 이제 사랑하는 여자애와 둘이서 방랑을 하고 싶었다.

"뭐라고? 방랑 시인?"

여자애는 아버지처럼 껄껄 소리 내어 웃었다.

"난 그렇게 살 수 없어, 난 시도 이해 못해."

"알아."

시인은 현실을 인정했다.

"시만 갖고는 못 살아."

여자애가 슬픈 눈으로 시인을 바라보며 말했다.

"나한텐 파란 엽서가 있어."

시인이 고개를 들고 힘주어 말했다.

"그것으로 우리 둘이 먹고살 수 있을 거야."

그러자 여자애가 다시 껄껄 웃었다.

"미안해, 하지만 난 이곳에서 엽서나 쓰면서 살 순 없어. 쓰면서든 청소하면서든."

여자애는 시인의 어깨를 두드리며 격려했다.

"알아, 알아, 나도 네가 좋아. 하지만 난 한마을에서만 살 순 없어. 반쪽 하늘만 있는 이런 마을에 어떻게 싫증이 나지 않을 수 있겠어?"

"싫증이라고?"

시인이 놀라서 물었다.

"그래, 싫증."

여자애가 고개를 끄덕였다.

"네가 아직 싫증이 나지 않았다면 넌 참 대단한 거야. 하지만 나와는 맞지 않지."

여자애가 다시 어깨를 두드려주며 슬픈 목소리로 말했다.

"내게 엽서를 보내줘. 도시로 나가면 고향 이야기가 궁금할 거야."

그리고 여자애는 동편이 잘려나간 하늘 저 너머로 사라졌다.

시인은 몇년 전까지만 해도 여자애에게 고향 마을 이야기를 써서 엽서를 보내곤 했다. 하지만 옛날에 쓴 엽서나 어제 쓴 엽서나 이야기는 별반 다르지 않았고, 어느날 결혼한 여자애로부터 엽서는 그만 보내라는 전화를 받았다.

시인은 서편 하늘만 있는 마을에서 방랑을 계속했다. 아직 누구도 그가 시인인 걸 눈치채지 못했지만 *파란 엽서*에 묵고 가는 손님들 중엔 어쩐지 그가 시인이 아닐까, 하는 느낌을 받는 이들도 있었다.

하지만 워낙 불분명하고 드문 느낌이라 누구도 입 밖으로 소리 내어 물어보지 않았다.

시인은 발바닥 대신 눈이 시리고 아리도록 책 속의 다른 세상들을 정처 없이 떠돌아다녔다. 방랑이 고달플 때면 한국과 체코의 슬픈 음악들이 위로가 되어주었다.

오직 서편만 있는 하늘 아래에서, A4용지 반절만 한 마을을 한발짝도 떠나지 않았지만 시인의 방랑은 저녁이면 세계의 구석구석을 훑었다. 그는 그런 식으로 행복했다.

종종 슬퍼지기는 했는데, 왜 슬픈지에 대해서는 완강히 생각하기를 거부했다.

시 한줄 못 쓰는 날이 더 많았지만 그래도 시 한편 완성하는 날도 있었다. 그날은 유난히 행복했다.

Janacek Quartet, Dvořák String Quartets In F major Op.96 & D minor Op.34, 1963

───

〰️드보르자크의 음악은 어쩌면 '청춘의 열병'을 앓는 이들이 빠져드는 음악인지도 모르겠다. 나는 이제 그 시절도 너무 까마득해서, '청춘의 열병'의 구체적인 증상이 무엇인지 예를 들기도 힘들지만 말이다.

암울한 젊은 마음에 특히 공감을 얻는 예술들이 있다. 카프카의 소설들이나 뭉크의 그림들, 왕가위 감독의 영화들, 그리고 드보르자크의 음악들이 그렇다. 대체로 어둡고(카프카) 불안하며(뭉크) 몽환적이고(왕가위) 우울한(드보르자크), 딱히 분위기라고 할 수도 없는 어떤 것을 지니고 있다.

분위기보다 더 깊은 곳에서 우러나오는.

∽나는 그런 특성을 오라^{Aura}라고 알고 있다. 명확한 개념도 없고, 보이지도 않으며, 계량할 수도 없는 이 특성은 (놀랍게도) 그리 드물지 않다. 사람들은 흔히 예술작품이라고 하는 것들에서 느껴지는 어떤 독특함을 두루뭉술하게 '오라'라고 통칭해왔다.

∽그런 오라가 느껴지는 장소들도 있는데, 그 하나가 드보르자크의 고향인 옛 체코슬로바키아, 프라하다. 어쩌면 내가 카프카의 소설과 드보르자크의 음악을 통해 프라하를 알게 된 탓일 수 있고, 또 어쩌면 실제 프라하를 한번도 보지 못했기 때문에 그런 느낌을 계속 갖고 있는지도 모르겠다.

∽야나체크 현악 사중주단 역시 체코 출신이다. 그들이 녹음한 드보르자크의 이 엘피에 대한 정보를 찾다가 여전히 판매되고 있다는 사실을 알고 얼마나 반가웠는지. 이 엘피를 이십대 초반에 듣다가 문득 아랫배가 뜨거워지는 경험을 했다. 놀랍고도 황홀한 체험이었고, 나중에 그 부위를 단전이라고 부른다는 것을 알았다.

∽나는 요즘도 그때의 체험을 다시 해볼 수 있을까 해서 이 앨범을 꺼내 듣는다. 하지만 그런 순간은 두번 찾아오지 않았고, 그 황홀 체험은 내 지나간 시간의 유일무이한 것으로 남았다. 특정한 시간과 특정한 공간이 지나가버리면 다시 체험할 수 없는 유일무이함.
이것 역시 오라의 한 정의이다.

마지막 수업

심은 눈을 떴다. 사이드테이블에 놓인 시계를 봤다. 5시 15분. 침실은 낮처럼 환했다. 화창한 날.

"안녕." 심은 부은 눈꺼풀로 시계 옆의 아내에게 겨우 윙크를 했다. "요즘 꿈이 제일 잘 꾸어지는 시간이야. 날이 다 밝아서 잠시 깼다가 다시 자는 시간."

낯간지러운 속삭임이었지만 자신 말고는 들을 사람도 없었다.

"자기 보고 싶을 땐 난 늘 5시 15분에 깼다가 8시까지 다시 자요."

심은 인사를 건네곤 다시 눈을 감았다. 잠에서 깼다가 다시 이불 속에 몸을 파묻고 겉잠을 자는 동안에는 꿈이 더 잘 꾸어졌다. 그런 꿈들은 더 또렷했고 뜻을 알기가 쉬웠다. 그런 꿈들 속에서 그는 하고 싶은 말을 할 수도 있었고 원하는 방향으로 걸음을 옮길 수도 있었다.

오늘 꿈에서 심은 야바위판을 구경했다. 두툼한 살집에 창백한 낯빛을 가진 야바위꾼이 종이컵 세개를 놓고 판을 벌이고 있었다. 야바위꾼은 종이컵 하나에 콩알만 하게 졸아든 심의 영혼을 던져 넣고는, 현기증이 나도록 빙빙 돌리고 섞었다.

"자, 맞혀보세요." 야바위꾼이 심과 눈을 맞추며 말했다.

"뭘요?"

"당신의 영혼요." 야바위꾼은 더 빠른 손놀림으로 컵을 섞었다.

사방에서 길 가던 사람들이 몰려와 심의 영혼을 놓고 떠들썩하게 노름을 시작했다. 한패라는 게 눈에 뻔히 보였다. 잃는 척을 하고, 따는 척을 하고, 탄식을 하고, 눈물을 흘리고, 환호성을 부른다.

"여기, 이 컵이요." 심은 왼쪽 컵을 가리켰다. 그는 야바위꾼의 손끝에서 휘둘리는 자기 영혼을 구하고 싶었다.

"이봐, 당신." 야바위꾼이 다시 심과 눈을 맞췄다. "맞히고 싶으면 먼저 돈을 걸어."

심은 기가 막혔고 어지러움을 참기 위해 입술을 깨물었다.

"내 영혼을 맞히는 건데 내가 돈을 걸어야 해요?"

대답을 기다리는 동안에도 심의 영혼은 두번이나 종이컵 속에 던져졌다.

"왼쪽 종이컵이요, 어서 내놔요." 심은 머리가 어쩔어쩔했다.

"판돈부터 거세요." 야바위꾼은 콧김을 내뿜었다.

"얼마나 걸어야 해요?"

"50유로, 최소한."

"…50유로."

그제야 심은 이 꿈이 어디서 왔는지 깨달았다. 7년 전, 로마의 한 벼룩시장에서 왔다. 고대 유물 같은 석조아치가 입구에 세워져 있던. 그리고 그 끝은 더러운 하천과 맞닿아 있었다. 그는 아내와 함께 전차를 타고 숙소에서 30분 거리에 있는 이 벼룩시장을 구경했다.

로마의 벼룩시장이라면, 어딘가에 자신을 지켜보는 아내의 눈이 있을 것이었다. 그 생각이 들자 심은 힘이 났다.

"이봐요, 이건 내 영혼이라고요." 심은 다시 따졌다.

"그래? 그럼 어디 있는지 알겠네." 옆에서 염소수염을 기른 사내가 이기죽거렸다.

"힌트 좀 줘." 테이블 건너편에서 누렇게 얼굴이 뜬 여자가 애걸하듯 두 손을 모으고는 소리쳤다.

"같이 좀 먹자고." 곱슬머리에 가죽점퍼를 걸친 사내가 다리를 건들거리며 말했다.

야바위꾼들이 심을 부추겼지만 노름판에 끼어들 생각이 없었다. 컵 속에 든 건 강낭콩이 아니라 그의 영혼이었다. 영혼으로 노름을 할 순 없었다.

하지만 심은 판을 뒤엎을 용기까지 내지는 못했다. 자기 꿈속에서도 그는 그런 용기를 낼 수가 없었다.

노름판은 계속됐고 컵들은 테이블 위를 돌고 돌았다. 심은 어느 컵에 자기 영혼이 들었는지도 알 수가 없었다. 왜 자기 영혼을 가지고 판을 벌이는지도 알 수가 없었다. 아내가 어디에 있는지도 알 수가 없었다.

그러다 욕지기를 느끼며 잠에서 깨어났다. 아찔한 현기증은 잠깐 계속됐다.

몇년째 심은 아내가 주변에 있다는 강한 확신이 드는 꿈들을 꾸어왔다. 이번 로마 벼룩시장 꿈도 그랬다.

하지만 꿈속에서 아내를 보거나 아내와 눈이 마주친 적은 한번도 없었다. 그저 아내가 근처에 있다는 느낌, 아내가 자신을 바라보고 있다는 확신뿐이었다.

심은 8시에 일어나 씻고 아침을 먹고 잠시 텔레비전을 보다가 집을 나섰다. 텔레비전에서는 지난주에 서울 도로의 9퍼센트가 손상되었다는 뉴스가 나왔다. 아파트 현관을 나서자마자 눈꺼풀이 떨리고 이마와 뺨이 화끈거렸다. 그는 차 쪽으로 잰걸음을 옮겼다. 지상 주차장에는 차가 별로 없었다. 일출 직후부터 날이 뜨거워져서 출근 시간이면 좌석에 앉는 일부터가 곤혹이었기 때문에 주민 대개는 지하 주차장을 이용했다.

교통방송에서는 노면 상태가 나쁜 도로들에 대한 안내가 흘러나왔다. 오전 10시도 되지 않았는데 아스팔트가 녹기 시작했다. 7월이 되면 얼마나 더 많은 도로가 망가질지, 8월이 되면 얼마나 더 많은 타이어가 펑크 날지 가늠도 되지 않았다. 심은 사이드미러를 살피며 속도를 줄였다.

이츠 어 뷰티풀 데이

심은 시디를 틀었다. 이츠 어 뷰티풀 데이의 1973년 앨범 '이츠 어 뷰티풀 데이…투데이'였다. 이 음반은 심과 아내에게 일종의 드라이브 뮤직이었다. 그는 베이스의 펑키한 리듬 때문에 세번째 트랙을 좋아했고, 아내는 장중한 애절함이 느껴진다고 열번째 트랙을 좋아했다. 그들은 나른한 오후 곧게 뻗은 도로를 느리게 한참 달려야 할 때면 '이츠 어 뷰티풀 데이…투데이'를 틀었다.

"화창한 날, 행운이 어떻게 찾아오는지는 모르지만 불행이 어떻게 오는지는 알고 있지."

밴드 이름처럼 오늘은 더할 나위 없이 화창한 날이다. 차에서 내려 햇볕 아래 민낯만 들이밀지 않는다면, 안전하게 실내에서 바라보기만 한다면 오늘은 나무랄 데 없이 아름다운 날이다. 심은 혼자 중얼거렸다.

"자기도 알잖아, 불행은 한꺼번에 와."

요즘은 차 안에서건 욕실에서건 식당에서건 부쩍 아내와 하는 혼잣말이 늘었다.

심은 학교 지하 주차장에 차를 대고 강사 대기실이 있는 인문관으로 올라갔다. 기상이변이 잦아지자 학교 측에서 건물과 건물 사이 이동로에 자외선과 스콜을 막을 수 있는 대형 아케이드를 설치했다. 아케이드의 초록색 그늘이 드리워진 벤치에 학생들이 나와 앉아 있었다. 아케이드가 설치되기 전에는 주차장에서 인문관으로 건너가는 300미터 길을 가면서도 피부가 약한 사람들은 양산을 써야 했다. 기습폭우가 언제 쏟아질지 몰라 그도 늘 접이식 우산을 들고 다녔다. 볕 좋은 날이라고 방심하고 300미터 길을 나섰다가 빗물에 신발이 홀딱 젖을 수도 있었다.

심은 강사 대기실 컴퓨터 앞에 앉아 기말시험에 쓸 시험지를 출력했다.

심은 강사실의 조교와 짧게 인사를 나눴다. 이름도 과도 알지 못하는 사이였지만 한 학기 내내 얼굴을 마주쳤다. 언젠가는 그가 교재를 출력할 때 인쇄용지가 떨어지자 말없이 용지를 채워준 적도 있었다. 조교에게 악수를 청하면서 그는, 이게 작별 인사라고 알릴 정도의 친분도 없다는 사실을 깨달았다. 그는 그저 고개만 까딱해 보였다.

심은 강사 대기실 한구석 소파에 앉은 강사들에게도 고개를 까딱해 보였다. 대기실을 나오는데 마침 들어오는 강사와 마주쳤다. 이름도 과도 모르지만 강의 시간이 같아 몇번인가 소파에 마주 앉아서 세상 돌아가는 이야기를 한 적이 있었다.

"저 갑니다."

강사는 깜짝 놀란 얼굴로 심을 쳐다봤지만 곧 그를 지나쳐 안쪽으로 들어갔다.

심은 강의실로 들어가며 안녕하세요, 하고 짧게 묵례를 했다. 기말시험이라 수강 인원 열명이 모두 출석했다. 10년 전, 그가 처음 현대소설 강의를 맡았을 때는 마흔명이 넘었다.

"쿨 소설이 등장한 배경은 기후변화로 가마솥 같아진 여름 날씨라고 할 수 있어요. 쿨 소설은 여름 출판시장의 한 흐름이 되었지요."심은 말을 하다 말고 잠깐 숨을 돌렸다. 얼굴이 우그러지는 게 느껴졌다. "핫 소설은 겨울 출판시장의 한 흐름이고요. 기말시험 준비는 잘했어요?"

심은 학교 선생이란 세상의 천일염 같은 존재라고 생각하며 학창 시절을 보낸 세대였다. 어쩌다보니 시간강사로 살아가게 되면서도 그런 생각엔 변함이 없었다. 물론 그 자신이 천일염 같은가는 별개의 문제였다.

하지만 보다시피 이제는 학생이 없었다. 학생이 없는데 천일염이 아무리 좋다 한들 어디에 쓸까.

심은 교탁에 손을 얹었다. 달궈진 교탁의 열기가 바로 손바닥에 전해졌다. 그는 창가로 가 커튼을 쳤다.

"콜로나라는 사람이 이런 말을 했어요. '과거는 치욕적이며, 현재는 고통스럽고, 미래는 존재하지 않는다.' 어때요? 누구의 과거이고 무엇의 현재일까요? 앞자리에 지구를 넣어보면 딱 지금 상황 같지 않아요?"

심은 칠판에 보드 마커로 쭉 적어 내려갔다.

"(지구의) 과거는 치욕적이며, (지구의) 현재는 고통스럽고, (지구의) 미래는 존재하지 않는다."

심은 잠시 반응을 기다렸지만 평소처럼 대꾸는 없었다. 콜로나가 누구인지 물어보는 학생도 없었다. 그런 일은 일어나지 않았다. 그래서 그는 지구가 빠르게 인류를 뱉어내고 있잖아요, 하고 농담도 던질 수 없었다.

심은 다시 숨을 돌렸다. 원래 종말 문학에 대해 시험을 볼 생각이었지만, 종말은 이제 공개적으로 다루기엔 지나치게 피부에 와 닿는 것이 되었다. 시험지를 채우다 울거나 졸도하는 학생이 생길지도 몰랐다. 그는 시험지를 들고 책상 사이를 돌아다니며 직접 한장씩 나눠주었다.

심은 화이트보드 칠판에 등을 기대고 휴가 생각을 했다.

아내와 그는 매년 동남아로 휴가를 가곤 했다. 어느 해는 베트남 푸꾸옥의 해변이었고 어느 해는 사이판의 티니안이라는 섬이었다. 여름에 가기도 했고 겨울에 가기도 했다. 필리핀 팔라완은 세번을 갔고 발리 롬복에서는 화산 트래킹을 했다. 태국 끄라비에도 여러 차례 갔다. 동남아는 예매하지 않아도 항공권이 쌌고, 해산물 음식이 좋았고, 사진을 찍어 인스타그램에 올리면 근사해 보였다.

하지만 동남아 휴가도 때가 되면 반복되는 쳇바퀴 같은 일상이긴 마찬가지였다. 봄 여름 가을 겨울이 반복되는 것처럼. 3월 개강, 6월 종강, 9월 개강, 12월 종강이 반복되었던 지난 10년처럼.

아내와 심은 휴가 기간에 달리 할 게 없어서 동남아를 갔다고도 할 수 있었다. 몇년 더 계속했으면 쳇바퀴식 휴가도 못 견디게 지겨워졌을 것이다.

하지만 이제 전과 같은 것은 없었다. 반복되는 봄 여름 가을 겨울은 없었다. 작년 여름은 올해 여름과 같지 않았고, 올겨울은 내년에 똑같이 반복되지 않을 것이다. 함께할 아내가 없기 때문이 아니었다. 기후가 달라졌다. 지구의 기후가 이제는 똑같은 여름이, 똑같은 겨울이 반복되는 것을 허용하지 않았다. 봄 여름 가을 겨울이 시작되고 끝나는 시기도 해마다 큰 차이를 보였다.

그러니 아내와 함께했던 때와 같은 여름과 겨울은 영영 돌아오지 않을 것이다. 동남아의 휴양지들은 이제 갈 수 없는 곳들이 되고 말았다. 아내와 묵었던 근사한 전망의 호텔들은 홍수와 태풍에 쓸려내려가고 없었다.

한 학생이 시험지에 그림을 그리고 있었다. 심은 지나가면서 슬쩍 들여다보았다. 기온 변화 그래프였다. 컬러 펜으로 그림까지 그려놓았다. 여름의 그래프는 화산에서 마그마가 치솟는 형상 같고, 겨울의 그래프는 땅덩어리가 극지의 얼음물 속으로 가라앉는 형상 같았다.

심은 마지막 수업에 쓰려고 인사말을 준비해왔다. 길지는 않았다. 그동안 내 성질머리를 잘 참아줘서 고맙고, 언젠가 소설가가 되면 그때는 동료로 만나게 될 것이라는 내용이었다. "그동안 참아줘서 고맙다"는 얘기는 아내에게도 했어야 했던 인사말이었다. 하지만 이번에도 그는 기회를 얻지 못했다. 시험지를 다 채운 학생들이 하나둘씩 강의실을 모두 나가버린 것이다. 시험은 25분이나 일찍 끝났다.

"나야 인생을 살 만큼은 살아봤지. 결혼도 해봤고. 하지만 너희는 그저 젊은 채로 끝나겠구나." 심은 빈 강의실에서 혼자 중얼거렸다.

심은 어쩌면 눈물을 몇방울쯤 흘릴 수도 있었다. 젊어서 종말을 맞이하는 학생들을 생각하면 마음이 아팠다. 나쁜 미래를 물려줘서 미안한 게 아니라, 아무 미래도 물려줄 수 없어서 슬펐다.

심은 학생 없는 강의실에서 인사 대신 가볍게 한숨을 한번 쉬고 나왔다. 학교에서는 더는 할 일이 없었다. 채점을 하고 학점을 입력하는 일은 집에서 하면 되었다. 그는 지하 주차장으로 내려가 차를 몰고 시내로 나왔다. 교통방송에서 불러주는, 노면 상태가 나빠 돌아가야 할 도로의 목록이 두배는 더 길어져 있었다.

펑크가 날까봐 워낙 서행하고 있고, 나와 있는 차도 많지 않기에 심은 자꾸 아내 생각이 났다. 그는 내일부터 갈 곳이 없었다. 휴가도 없었고 직장도 없었다. 도서관, 영화관, 미술관이 있었지만 가봤자 공허하기만 할 것이었다. 종말이 확실해지면서 많은 것들이 공허해졌다. 공허함이 느껴지지 않는 것이라곤 날씨가 좋았던 때의 과거, 그와 아내가 함께 돌아다니던 시절의 과거뿐이었다.

아내와 심은 단독주택으로 이사할 계획이었다. 서울과 멀어져도 좋았다. 아내와 그는 실비아 플라스와 테드 휴스 부부가 한때 그랬던 것처럼, 햇볕이 잘 드는 텃밭 쪽 창틀 앞에 수동식 타자기를 올려놓고 서로 번갈아가며 글을 쓰는 삶을 살고 싶었다. 아이가 생기면 교대로, 한 사람은 아이를 보고 한 사람은 글을 쓰며 살고 싶었다. 꼭 수동식 타자기를 한대 사자는 의논까지 했다. 사용하진 않더라도 남쪽으로 난 창가에 타자기를 올려놓으면 근사하지 않을까. 햇빛이 자판을 두드리면 글자들이 창가 허공에 반짝이며 찍혀 나오고.

"과거는 치욕적이고, 현재는 고통스럽고, 미래는 이미 존재하지 않게 되었다." 심은 또 혼자 중얼거렸다.

심은 고개를 돌려 차창 밖을 바라봤다. 저녁이 되려면 아직 멀었는데 을지로의 마천루들 사이가 벌써 오렌지빛으로 물들고 있었다. 그를 나무라는 아내의 시선이 느껴졌다.

"자기 잘못이야. 자기가 지구의 영혼을 야바위판에 걸었다가 몽땅 날려먹은 거라고."

아내는 어디에 있을까.

"남의 영혼으로 대체 뭘 한 거야?"

두리번거리는 심의 눈에 5미터쯤 앞에 코너가 들어왔고, 그라츠 과자점의 간판이 들어왔다. 그는 핸들을 오른쪽으로 꺾어야 하는 바로 그 순간에 힘껏 액셀을 밟으며 손을 놓아버렸다. 두번 생각할 여유가 없는 결심이었다.

It's a Beautiful Day, It's a Beautiful Day…Today, 1973

───

❧이츠 어 뷰티풀 데이는 『버스킹!』의 첫 장에서 말한 커브드 에 어처럼, 록 밴드로서는 드문 빼어난 바이올린 연주자를 멤버로 두 었고, 클래식에 뿌리를 둔 우아하고 세련된 사운드를 들려줬고, 단 명했다.

❧대체로 사이키델릭 포크 록이라고 불리지만, 이츠 어 뷰티풀 데이는 다른 많은 아트 록 밴드들이 그런 것처럼 장르의 구분이 무 의미한 음악을 했다. 「화이트 버드White Bird」를 들어보자. 이 곡을 대 체 어떤 장르 아래 묶을 수 있을까.

이츠 어 뷰티풀 데이와 비슷한 사운드는 어디서도 찾기 어렵다. 이들의 가치는 그런 유일무이함, 유일무이한 존재감을 만들어낸 독창성에 있다. 이들은 안일하게 기존의 규범을 따르지 않았고, 그들 자신의 전무후무한 사운드를 만들어냈으며, 그래서 30년이 넘게 지난 지금도 팬의 사랑을 잃지 않는 생명력을 유지할 수 있었다.

   ❧ '이츠 어 뷰티풀 데이…투데이'는 이츠 어 뷰티풀 데이의 사실상 마지막 앨범이다. 상업적인 성공을 거두지 못한 앨범이라 국내의 쇼핑몰에서는 구하기 어렵고(방금 아마존에 시디 한장이 남아 있는 것을 발견했다), 올뮤직닷컴에는 재킷 사진도 올라와 있지 않다.

  하지만 이 앨범은 『버스킹!』에 소개한 음반들 중에서 내가 가장 아껴 듣는 음반이다. 나는 이 좋은 음반이 어째서 성공하지 못했는지 결코 이해할 수가 없어 평생 속이 상했다.

  이 앨범은 이츠 어 뷰티풀 데이의 성공작인 데뷔 앨범만큼이나 훌륭하고, 수록곡 「다운 온 더 바이우Down on the Bayou」는 「화이트 버드」만큼이나 매력적이다.

   ❧ 음악에든 미술에든 문학에든, 어째서 이처럼 좋은 작품이 널리 사랑받지 못하고 잊히고 말았는지 이해되지 않는 작품들이 있다. 그런 작품을 알고 있고 사랑하는 팬은 그 때문에 속앓이를 하게 된다. 자신이 사랑하는 만큼 다른 이들이 사랑해주지 않기 때문에 속앓이를 하고, 지금의 나처럼 글까지 써서 알리려고 한다.

✎ '이츠 어 뷰티풀 데이…투데이'에서는, 물방울 튀기듯 영롱한 클래식 바이올린의 연주가 제임스 브라운^James Brown 의 노래에서 들리던 펑키한 리듬에 실려 물결치듯 흘러 다니는 사운드를 만끽할 수 있다.

「다운 온 더 바이우」가 특히 그렇다. 세상 어느 로커도 이런 사운드는 두번 다시 만들어내지 못했다.

밴드는 준비됐다

🌿이탈리아를 여행하며 나는 거리마다 광장마다 악기를 들고 나와 연주를 들려주는 버스커Busker, 거리의 악사들에게 흥미를 느꼈다. 버스킹이라고 불리는 길거리 연주는 한국의 거리에서도 낯설지 않은 문화가 됐지만 이탈리아의 버스킹은 유난한 데가 있었다.

🌿먼저 그 수에 놀랐다. 버스킹 공연을 보고 모퉁이를 돌면 또다른 버스킹이 펼쳐지고 있었고, 그 거리를 지나 다른 거리로 나아가도 또 그만큼의 버스킹이 이뤄지고 있었다. 광장의 남쪽에서도 북쪽에서도 버스커를 만날 수 있었다. 많은 나라를 가보지는 않았지만 어느 나라, 어느 도시에서도 그처럼 많은 버스킹을 만나지는 못했다.

『버스킹!』은 그 경험의 결과다. 나는 버스커를 마주칠 때마다 사진을 찍었고, 그 사진들을 들여다보며 『버스킹!』을 썼다. 사진 역시 소설의 일부이고, 일부로 만들려고 고심했다.

버스커 사진을 들여다보고 있자면, (내가 버스커가 아닌데도) 이상하게도 나와 오래 함께해온 사람들인 양 친근함이 느껴지곤 했다.

❧그건 아마 내가, 인생의 많은 시간을 음악을 들으며 보냈기 때문일 것이다. 나는 집에 있을 때나 외출했을 때나 늘 음악을 들었고 십대 시절부터 좋아하는 밴드의 음반들을 사들였다.

이탈리아 밴드의 음반도 꽤 갖고 있다. 이탈리아는 1960년대부터 클래식과 록을 결합한 아트 록이 융성했고, 록의 역사에 아예 '이탈리안 아트 록'이라는 세부 장르가 따로 있을 정도다.

이탈리아라는 낯선 나라에서 버스커를 마주칠 때마다 오랜 친구처럼 느껴졌던 이유가 여기 있다.

❧길거리에 들고 나온 악기들의 다양함도 이탈리아 버스킹의 특징이다. 기타와 드럼은 기본이고, 호크윈드 편에 넣은 사진에서 보듯 때로는 오중주단을 꾸려도 될 만큼 온갖 악기들이 다 나온다. 어떻게 가져왔을까 싶은 큰 피아노와 더블베이스도 심심찮게 봤다.

연주되는 음악도 다양했다. 이탈리아를 돌아다니며 나는 거리에서 거의 모든 장르의 음악을 들을 수 있었다. 모차르트, 비틀스, 건스 앤 로지스, 아바, 루이 암스트롱, 에이미 와인하우스…

✎버스킹을 한다고 해서 실력이 부족한 뮤지션은 아니다. 거리에 나와 연주를 하는 버스커 대부분은 자기 음반을 갖고 있는 프로 뮤지션들이다. 그 앞에 서서 연주를 듣다보면 실제로 그 수준에 감탄하게 된다. 그들은 다만 어떤 (다양한) 이유에서, 거리에 나와 연주를 하고 노래를 부르고 있을 뿐이다.

훌륭한 작품을 남긴 예술가가 가난하게 살거나 불행하게 산 경우는 많다. 우리는 그런 예를 꽤 알고 있다. 예술은 꼭 부나 당대에서의 성공과 함께 가지 않는다. 『버스킹!』은 바로 그런 예술가들에 대한 내 애정(과 슬픔과 존경)을 담은 책이다.

✎웃자고 하는 말이지만 버스커 중에는 목적이 순수하게 구걸인 경우도 있다. 미국 포틀랜드에서 본 한 남녀 버스커는 줄이 끊어진 바이올린과 기타를 들고 연주하는 시늉을 내고 있었고 로마에서 본 한 버스커는 누가 봐도 틀린 음정으로 열심히 노래를 부르고 있었다.

세상에 별 사람이 다 있는 것처럼 버스킹에도 별 버스킹이 다 있다.

✎버스킹 사진은 인용한 음반들과는 상관없이 소설과의 내적 연관에 의해 골랐고, 함께 놓였다. 이탈리아에서 찍은 사진들이 대부분이지만 다른 나라에서 찍어 온 사진도 있다.

278

원래는 소설에 짧은 음반 소개들을 붙일 생각이었지만 쓰다보니 제법 긴 음악 에세이가 되었다. 소설의 부록이라는 생각으로 썼다. 『버스킹!』의 출간을 맡아준 창비에 고마움을 전한다.

2019년 11월

백민석

버스킹!

초판 1쇄 발행 • 2019년 11월 30일

지은이 / 백민석
펴낸이 / 강일우
책임편집 / 박지영
조판 / 한향림
펴낸곳 / (주)창비
등록 / 1986년 8월 5일 제85호
주소 / 10881 경기도 파주시 회동길 184
전화 / 031-955-3333
팩시밀리 / 영업 031-955-3399 · 편집 031-955-3400
홈페이지 / www.changbi.com
전자우편 / lit@changbi.com

ⓒ 백민석 2019
ISBN 978-89-364-3806-7 03810